사라지는
번역자들

■ 이 도서의 국립중앙도서관 출판시도서목록(CIP)은
서지정보유통지원시스템 홈페이지(http://seoji.nl.go.kr)와
국가자료공동목록시스템(http://www.nl.go.kr/kolisnet)에서 이용하실 수 있습니다.
(CIP제어번호: CIP 2016025615)

사라지는
번역자들

아를, 번역 그리고 번역자 이야기

김남주

마음산책

사라지는
번역자들

1판 1쇄 인쇄 2016년 11월 1일
1판 1쇄 발행 2016년 11월 5일

지은이 | 김남주
펴낸이 | 정은숙
펴낸곳 | 마음산책

편집 | 이승학 · 최해경 · 김예지 · 박선우   디자인 | 이혜진 · 이수연
마케팅 | 권혁준 · 김종민   경영지원 | 이현경

등록 | 2000년 7월 28일(제13-653호)
주소 | (우 04043) 서울시 마포구 잔다리로 3안길 20
전화 | 대표 362-1452 편집 362-1451   팩스 | 362-1455
홈페이지 | http://www.maumsan.com
블로그 | maumsanchaek.blog.me
트위터 | http://twitter.com/maumsanchaek
페이스북 | http://www.facebook.com/maumsanchaek
전자우편 | maum@maumsan.com

ISBN 978-89-6090-283-1 03810

* 책값은 뒤표지에 있습니다.
* 한국출판문화산업진흥원 2016년 우수출판콘텐츠 제작 지원 사업
  선정작입니다.

나로 하여금 이국어의 강을 넘어 문학에 이를 수 있게 해준,

그 책들의 번역자들을 기억하면서.

책을 읽는 사람에게는

현실과 평행하는

또 하나의 세계가 존재한다.

✚ 이 책에 나오는 인물과 일화 들은 사실에 기초해 저자가 이름을 바꾸어 재구성한 것
   이다. 때로는 두 인물이 하나로, 한 인물이 둘로 분리되기도 했고, 일정 부분 저자 자
   신이 투영되어 있다. 그러므로 실제 인물과 닮을 수는 있겠으나 실제 인물은 아니다.

아를, 번역 그리고 번역자들

가난한 내가
아름다운 나타샤를 사랑해서
오늘밤은 푹푹 눈이 나린다

나타샤를 사랑은 하고
눈은 푹푹 날리고
나는 혼자 쓸쓸히 앉아 소주燒酒를 마신다
소주를 마시며 생각한다
나타샤와 나는
눈이 푹푹 쌓이는 밤 흰 당나귀 타고
산골로 가자 출출이 우는 깊은 산골로 가 마가리에 살자

눈은 푹푹 나리고
나는 나타샤를 생각하고
나타샤가 아니 올 리 없다

언제 벌써 내 속에 고조곤히 와 이야기한다
산골로 가는 것은 세상한테 지는 것이 아니다
세상 같은 건 더러워 버리는 것이다
눈은 푹푹 나리고
아름다운 나타샤는 나를 사랑하고
어데서 흰 당나귀도 오늘밤이 좋아서 응앙응앙 울을 것이다

— 백석, 「나와 나타샤와 흰 당나귀」

시가 되려면 당나귀는 희어야 하고, 문학이 천 겹 언어의 베일을 지나 독자에게 가닿는 순간 번역자는 사라져야 한다. 내가 백석의 「나와 나타샤와 흰 당나귀」를 프랑스어로 번역한다면 "오늘밤은" "사랑은 하고" "눈은 푹푹 날리고" 속의 특수조사 '은'에 주목하고 "산골로 가는 것은 세상한테 지는 것이 아니다 / 세상 같은 건 더러워 버리는 것"이라는 시인의 말에 속지 않을 것이다. 눈이 푹푹 내리는 오늘 밤만 가능한 시인의 역설적 낙관과 세상을 정면으로 맞서지 못하는 그의 열패감을 행간에 담아내려 애쓸 것이다. 단어가 비껴가는, 발설하는 순간 뻔해져버리는 문학의 비의를 세심한 동시에 과감하게 옮겨놓기 위해 애꿎은 커피를 연거푸 마시고, 여러 차례 레코드를 갈아 끼우고 꽃잎이, 낙엽이 눈처럼 흩날리는 창밖을 내다보며 뛰쳐나가고 싶은 마음을 지그시 누를 것이다.

번역된 작품에 대한 최고의 찬사가 과연 '번역 같지 않은 번역'일까. 조르주 무냉Georges Mounin, 1910~1993에 의하면 번역은 "유

리가 있다는 것을 즉각 알 수 있는 직역" 곧 '채색 유리'와 "유리가 없다고 착각할 정도로 완전히 투명해진" '투명 유리'로 나뉜다. 투명 유리는 원문이 들여다보일 정도로 대응에 충실한 직역이라는 의미가 아니라 유리가 있다는 사실조차 망각할 정도로 새롭게 번역한 의역을 말한다. 채색 유리든 투명 유리든 번역자는 유리가 되어야 한다. 저자 앞으로 나설 수 없고 텍스트를 넘어설 수 없다. 그렇다면 어떻게 유리가 되어야 할까? 어떻게 사라져야 옳은가? 저자의 의도를 정확히 전달하면서 모호한 울림이나 분위기를 어떻게 전달할까?

성서를 라틴어로 번역한 성 히에로니무스와 영어로 번역한 틴들, 『아라비안 나이트』를 프랑스어로 번역한 앙투안 갈랑과 영어로 번역한 리처드 버턴, 발자크와 프루스트를 폴란드어로 번역한 타데우스 젤레니스키, 중국 시를 영어로 중역한 에즈라 파운드, 『춘향전』『심청전』을 프랑스어로 옮긴 홍종우, 빅토르 위고를 일본어에서 우리말로 옮긴 육당 최남선, 서구의 상징시를 우리말로 번역한 안서 김억, 그리고 자료와 사전 등이 극히 빈약한 불모지에서 우리 문학을 프랑스에, 프랑스 문학을 우리 땅에 소개한 이 땅의 많은 선배 번역자들. 지금 나를 만든 그 책들의 번역자들.

파리에서 기차로 네 시간여 달리면 닿는 남프랑스의 작은 도시 아를. 그곳에는 관광 엽서에 결코 빠지지 않는 아름다운 뜰을 지닌 반고흐 광장이 있고, 그 건물 한편에는 번역자회관CITL, Le Collège International des Traducteurs Littéraires이 있다. 세계 각국의 번역자들이 일정 기간 묵으며 작업을 하고 의견을 나누는 이곳을 우리는 그냥 '콜레주'라고 불렀다. 그곳의 손님이자 주민인 번역자들의 공통점은 프랑스어와 프랑스 문화다. 프랑스 서적상과 아를시의 지원으로 운영되는 그곳에서 프랑스 문화를 전파하는 방식은 상당히 내재적이어서 거주 번역자들이 그와 관련해서 해야할 일은 거의 전무했다. 어떻게 보면 고도의 계산이 적용되었다고도 볼 수 있는 그런 사심 없는 방식은 상당히 효과적이었다. 프랑스 문학을 각자의 모국어로 번역하거나 외국 문학을 프랑스어로 번역하는 그곳의 공용어는 물론 프랑스어였다. 그리고 프랑스어의 바다는 우리를 품기에 충분했다. 우리는 의식적·무의식적으로 그 물살에 흠뻑 젖었다.

역사가 오랜 도시 아를은 고대 로마의 유적과 중세 프랑스의 건축물, 투우 같은 스페인 문화 등이 어우러진 독특한 분위기를 지니고 있다. 구시가의 한쪽을 에둘러 흐르는 론 강은 스위스에서 발원해 프랑스의 남동부로 흐르는, 유럽에서 가장 큰 강 중 하나로 지중해가 가까워지면서 두 개의 지류로 나뉜다. 강 하류가 만들어낸 비옥한 삼각주에서는 명성 높은 카마르그 쌀이 생산되고, 부근의 포도원에서는 친숙하고 푸근한 맛의 포도주 '코트뒤론'이 익는다. 아를 역에서 반고흐 광장까지는 걸어서 약 20분. 론 강변을 따라 걸어도, 무너져가는 시 문을 지나 '자르댕 데테Jardin d'été, 여름 공원' 앞을 걸어도 걸리는 시간은 비슷하다. 전철도 없고 트램도 없는 그곳은 걸어서 탐사하기에 좋다. 처음에만 택시를 탔을 뿐 그곳 역에 내리면 나는 언제나 걸어서 콜레주로 갔다. 여행 가방을 끌고.

그리 넓지 않은 반고흐 광장은 일반적인 광장place이 아닌 공간espace으로, ㅁ형 건물로 완전히 둘러싸여 있다. 그러니까 이 ㅁ형 건물의 안뜰이 바로 반고흐 광장이다. 이런 이름으로 불리는 이유는 예전에 이 건물이 정신병원으로 쓰였고, 고흐가 이곳에 입원한 적이 있기 때문이다. 이 건물은 번역자회관말고도 아를 시의 미디어 도서관, 식당, 카페, 기념품점 등으로 사용된다. 이런 상점들은 한쪽이 뜰과 면하고 다른 한쪽은 외부에 면해 있다. 상점들이 문을 닫으면 뜰은 자연히 외부와의 출입이 차단된다.

상점을 통하지 않고 외부에서 뜰로 들어가는 문은 두 개. 그중 거리에서 뜰로 들어오는, 관광객을 위한 아치형 큰 철문은 아침 9시에 열리고 저녁 7시에 닫히는데, 일단 문이 열리면 문의 존재를 의식할 수 없을 정도로 돌 아치가 높아서 진짜 광장으로 나온 듯한 느낌을 준다. 한편 건물 거주민 출입용인 작은 철문은 그보다 이른 아침 7시에 열리고 저녁 7시에 닫혔다. 작은 문 옆에는 관리인이 상주하고 있다가 커다란 쇠 열쇠를 덜그럭거리며 문을 잠그곤 했다.

엽서에 나온 그대로 색색의 꽃들이 방사상으로 심어진 그 뜰이 가장 아름다울 때는 이른 아침이다. 이따금 아를 시 소속 인부들이 들어와 청소를 하고 꽃에 물을 주고 시든 꽃을 교체할 뿐, 큰 문이 열리는 아침 9시 이전까지 그 뜰은 건물 주민인 번역자들 차지였다. 그곳에 머무는 동안 내가 일찍 일어난 이유는 이곳을 누리고 싶어서였다. 광장 쪽으로 창이 난 방에 묵을 때면 나는 눈을 뜨자마자 침대에서 내려와 창문을 열고 나무의 정수리와 카펫처럼 알록달록한 꽃들을 오랫동안 내려다보곤 했다.

외부에서 콜레주로 들어오려면 철문을 지나 뜰로 들어와서 건물 구석에 있는 푸른 나무 문 앞의 비밀번호를 누르거나 ㅁ형 건물의 외곽에 난 문을 이용해야 한다. 이 문이 면한 몰리에르 가는 상업 지구 안쪽 길이어서 상점들이 모두 문을 닫은 밤이면 괴괴하기까지 했다. 어느 쪽으로든 실내로 들어오면 조금 가파른 돌계단이 나온다. 계단을 따라 올라오면 3층 도서실로 통하는 문이 나오는데, 그 문을 지나쳐 내처 오르면 4층 숙소가 나온다. 이곳에서 다시 비밀번호를 눌러야 한다.

콜레주 안에서 가장 큰 공간은 식당 겸 주방이었다. 안으로 들어서면 왼쪽에 바로 작은 소파가 놓여 있고 그 앞에는 텔레비전이 있다. 대각선 안쪽에 주방이 있고 주방을 둘러싸고는 반원형의 탁자와 직사각형의 큰 식탁들이 길게 놓여 있어서 20, 30명이 앉을 수 있다. 저녁 시간이면 그 식탁에 한국의 부침개와 이탈리아의 피자, 유고슬라비아의 감자전, 우크라이나의 굴라쉬가 함께 올랐다. 주방 왼쪽으로는 비품 창고가 있고 그 옆의 작은 문을 열면 상당히 널찍한 테라스가 나왔다. 군데군데 놓인 화분에서 허브가 자랐고, 매일 밤 포도주 잔을 손에 든 번역자들이 웅성거렸으며, 기둥 사이에 묶어놓은 빨랫줄에서는 누군가 걷는 것을 잊어버린 옷가지가 아침 이슬을 맞았다.

주방에서 문을 밀고 들어가면 좁은 복도를 중심으로 양쪽에 자리 잡고 있는 10여 개의 개인 숙소가 보였다. 숙소는 낮은 2층 구조로 꽤 가파른 나무 계단을 올라가면 널찍한 침대가 놓여 있는 2층이 나왔다. 그곳의 뾰족 창으로 낮에는 작열하는 남국의 햇살이, 밤에는 눈부신 별빛이 쏟아져 들어왔다. 욕실과 붙박이 옷장이 딸린 아래층은 책상이 놓인 작업 공간이었다. 돌벽에서는 종종 돌가루들이 떨어졌고, 마룻바닥은 군데군데 삐걱거렸으며, 창에는 커튼이 없어서 내 경우에는 도착해 처음 열리는 장에서 적당한 천을 찾아봐야 했다. 반고흐 광장에서 행사가 열릴 때면 그 영향을 고스란히 받아야 했지만, 그 공간에는 머무르는 동안 거의 완벽하게 쉴 수 있는 독립성이 보장되어 있었다.

그곳의 체류 조건으로는 프랑스 문화에 관한 집필이나 번역 계획이 계약서와 함께 제출되어야 했다. 체류자는 동반자를 한 사람 초대할 수 있었고 그를 위해 여분의 매트리스를 사용할 수도 있었다. 대부분의 체류자는 오전에 도서실이나 각자의 방에서 일을 했고, 저녁 시간은 식당에서 보냈다. 그곳에서 우리가 음악을 듣는 방식은 10여 년의 세월 동안 LP나 CD에서 컴퓨터나 휴대폰으로 바뀌었다. 보통 체류자 중에는 음악 담당이 생겨서 그가 들려주는 대로 들었고, 때로는 우리가 원하는 곡을 신청하기도 했다. 아즈나부르, 갱스부르에 이어 메르세데스 소사, 카에타누 벨로주 그리고 세자리아 에보라가 흘러나왔다.

세계 여러 나라의 번역자들에게 개방된 공간이긴 했지만 내가 있는 동안에는 지역적으로 가까운 유럽권 번역자가 대부분이었다. 물론 브라질, 멕시코, 아르헨티나 같은 남미 쪽과 중국, 일본 번역자들도 가끔 있었다. 다른 나라 책을 프랑스어로 번역하는 프랑스인 번역자들도 만날 수 있었다.

동행이 있었던 적도 있지만 대개는 혼자 그곳에서 지내며 나는 마음 맞는 동료들과 아를 시내는 물론 리옹, 세트, 엑상프로방스, 마르세유, 아비뇽 같은 근처의 도시를 돌아다녔다. 이런 체류가 몇 차례 거듭되는 동안 아를의 콜레주는 내게 어떤 기묘한 마음의 공간이 되기 시작했다. 사정상 긴 여행을 할 수 없을 때면 그곳이 그리워 꿈을 꾸기도 했다. "동짓달 기나긴 밤을 한 허리를 버혀내여 / 춘풍 이불 아래 서리서리 넣었다가" 콜레주 테라스의 햇살 아래 펼쳐놓고 싶었다. 내가 번역해준 황진이의 이 시조를 듣고는 폴란드인 번역자가 자기네 나라에도 비슷한 노랫말이 있다며 재미있어했다. 그러자 옆에 있던 누군가 비슷한 내용의 자기네 나라 만화에 대해 이야기하기 시작했다. 사랑에 빠진 어떤 남자가 혼자 있는 동안에는 지구 자전의 반대 방향으로 돌고 돌아서 시간을 저축해두었는데, 그 이유가 연인을 만나 모아둔 시간을 풀어 쓰기 위해서였다는 것이다. 사람의 상상력은 이렇게 다르면서도 같다. 우리는 모두 호모사피엔스이고, 이 공유점과 개별성에 번역의 자리가 있다.

나, 이번 6월에 콜레주에 가는데 너 안 올래? 9월에 파리에 들를 텐데 시간 맞춰보자. 이런 연락을 받고도 떠날 수 없었던 시간 동안 나는 그곳에서 보낸 시간을 떠올렸고 번역에 대해, 번역하는 사람들에 대해 쓰기 시작했다. 꼬리에 꼬리를 물고 떠오르는 추억과 그 사이를 비집고 드는 상념을 번역이라는 큰 틀을 의

식하면서 썼다. 책의 내용은 사실에 기초한 것이지만 사람들의 이름을 바꾸고 성격을 뒤섞었으며 그 사이사이에 그동안 생각해온 번역에 대한 이야기를 풀어놓았다. 그 과정에서 수필로 시작한 글이 '이야기'의 얼개를 갖게 되었다. 그래서 책 속의 번역자들이 지상의 특정한 공간이 아니라 "문학이라는 신비롭고 기이한 제도"(자크 데리다)에 속하는 존재가 된 것 같다. 평행하는 하나의 세계가 나를 추동해 물 묻은 손을 서둘러 닦고 책상 앞에 앉게 했다. 그리운 이의 옷자락이 방금 저 모퉁이로 사라진 것 같아서.

마지막으로 콜레주를 떠나오던 날, 낡은 셔츠를 다리고 있던 크로아티아 번역자가 떠오른다. 섬유가 낡아서 투명하게 비치던 흰 셔츠의 주름을 살펴보며 그녀가 말했다. 두브로니크에 한번 와야 하지 않겠어, 나도 있는데? 눈빛으로, 목소리로, 냄새로, 웃음으로, 언어로 함께해준 내가 만난 지상의 번역자들. 여기 그들이 있다. 살아온 날의 절반 동안 프랑스 문학을 느리게 우리말로 번역해온 한 인간의 프리즘에 비친 이 이야기들을 질량분석기에 넣어 돌리면, 혹시 번역자 공통의 DNA를 끌어낼 수 있지 않을까?

차 례

그런 순간이 있다.
한 사람의 머릿속 서랍이 열리고
그 안의 언어가 상대를
마음속 방으로 인도하는 순간.

다시, 잃어버린 시간을 찾아서

바스나

이제야 하는 말이지만 처음 보았을 때부터 바스나는 매력적이었다. 나는 어째서 눈빛이 강하고 차림새가 허름하며 목소리가 낮은 남자들에게 끌릴까. 그러니까 그냥, 저의 없이 나는 그에게 호감을 느꼈다. 역시 부드러운 잿빛 차림에 낮은 음성을 지닌 남자에게 느낀 감정이었으니 충분히 '어퍼피지컬'한 것이었다. 아를의 콜레주에 도착한 지 이틀째였던 것 같다. 당시 내게 아를은, 더구나 번역자회관은 처음이었으므로 모두 새 얼굴이었고, 내 동행은 프랑스어를 전혀 할 줄 몰라서 내가 통역을 해주어야 했다. 동행과 함께 외출했다가 돌아오는 나를 보고 바스나가 자기소개도 없이 불쑥 물었다. 어디 갔다 오니? 산책하고 저녁 먹고 왔어. 뭘 먹었는데? 우체국 옆 맥도널드에서 매운 맥윙과 콜라를 먹었어. 그가 눈에 웃음을 담으며 짐짓 탄식했다. 이런, 조제 보베Joseph 'José' Bové, 1953~가 들었다면 통탄했을 소리로군. 이런 촌철살인의 한마디를 듣는 순간 내가 유전자조작 식품과 나쁜 쇠고기를 파는 맥도널드에 반대한 그 유명한 인물을 기억해낼 수 있었던 건 그나마 다행이었다.

바스나에게는 어떤 시선이 있었다. 그는 글자를 읽는 렌즈로는 사람을 읽을 수 없다는 듯이 우리의 대화가 일상적인 것을 넘어서자 쓰고 있던 안경을 벗어 쥐고 힘 있는 눈빛으로 나를 지그시 쏘아보았다. 그 순간 내가 떠올린 것은 로맹 가리였다.

당시 나는 나의 첫 번째 로맹 가리를 번역하고 있었는데, 이후 그의 책을 몇 권 더 번역하게 된다. 로맹 가리는 글이 좋았고 슬라브족의 피가 흐르는 이국적인 외모 또한 매력적이었다. 특히 『솔로몬 왕의 고뇌』 표지로 등장한 로맹 가리의 모습, 그러니까 안경을 벗어 쥔 손을 머리 뒤로 뻗은 포즈 속 로맹 가리의 모습에는 헉하고 숨을 멈추게 하는 뭔가 있다. 사람의 눈빛뿐 아니라 자세도 그 사람의 머릿속을 반영하다니 신기하다. 다른 예로 박경리 선생이 두툼하고 억센 손가락으로 헝클어진 머리를 쓸어 올리는 사진 속의 눈빛 같은 것.

바스나가 내 고향을 물었으므로 나도 그에게 어디서 왔는지 물었다. 그는 '이헝'이라고 대답했고 나는 반갑게 그곳을 안다고 말했다. 몇 년 전 오를레앙에 머물 때 기차를 타고 남서쪽으로 달려 프랑스와 스페인 국경을 막 넘어 이헝이라는 작은 바스크 마을에서 기차를 갈아탄 적이 있다. 그곳은 산티아고 순례자들이 러레이도까지 가파르고 긴 여정을 시작하는 장소이기도 하다. 사실 이 스페인 마을의 발음은 '이헝'이 아니라 '이룬Irun'이다. 하지만 당시 나는 그곳이 프랑스라고 생각해 '이헝'으로 알아들었던 것이다. 내 대답에 바스나가 웃음을 터뜨렸다. 같은 발음, 다른 뜻. 그의 고향은 스페인 도시 이헝이 아니라 서남아시아에 있는 이란Iran이었다. 바스나는 이란인이었다. '바스나'라는 이름에는 '어디에나 존재한다'라는 뜻이 있다고 했다.

　얘기가 나온 김에 나는 얼마 전에 겪었던, 외국어 발음 때문에 생긴 에피소드를 그에게 들려주었다. 제네바에 있는 작은 광장에서 한 친구가 자신의 남자 친구를 내게 소개했을 때였다. 우리는 함께 차를 마시며 이런저런 이야기를 나누었다. 나는 그가 동구 어느 나라에서 왔다는 것만 알고 정확한 출신지를 모르고 있었다. 그는 작은 광장을 둘러싸고 있는 4, 5층짜리 건물 중의 하나를 가리키며 자신이 대학 시절 살았던 방이라고 말했다. 그리고 저 창문에서 보았던 풍경이 이렇게 차와 술을 마시는 질탕한 분위기만 아니었어도 자신이 공부를 좀 했을 거라며 웃었다. 그가 한창 말을 이어가는 동안 나는 친구에게 물었다. 그러니까 네 남자 친구는 어느 나라 사람인 거야? 친구가 대답했다. 일 레 뷜게르Il est vulgaire. 그는 저속한 사람이야. 뭐라고? 하고 되묻는 순간 나는 깨달았다. 친구 말은 그가 불가리아인bulgaire이라는 뜻이었다. b 발음과 v 발음을 혼동해 그가 저속한 사람이라고 대답한 줄 알고 놀란 것이다. 바스나는 웃음을 터뜨렸다. 테헤란에 사는 번역자 바스나와의 '얼음'은 그렇게 깨어졌다.

　사실 나는 어떤 사람들의 경우 첫 만남이라 하더라도 둘 사이에 깨어버려야 할 얼음 같은 건 없다고 아직도 믿고 있다. 반면 아무리 많은 설명이 동원되어도 여전히 모르는 사이로 남는 이들도 있다. 하루키를 인용하자면 "어떤 사람에게 설명해줘야 아는 것은 설명해줘도 모르는 것으로 남는다". 반면 세부는 몰라도 그 저변이 단숨에 다가오는 이들이 있다. 바스나는 그 범주에 드는 사람이었다. 앞이마에서 뒤통수에 이르는 수치로는 도저히 설명 안 되는, 저 먼 거리를 지나 쏘아져 나오는 듯한 그의 눈빛 속에는 불면과 각성의 순간 내가 이따금 들르는 그 나라도 들어 있어서 내가 그를 동류로 인식하고 있는 것처럼 그도 나를 제대로 보고 있음을 알 수 있었다. 이 지상에서 서아시아나 동아시아, 유럽 같은 곳이 아닌, 언어의 한계를 넘어서는 그런 곳을 경험한다는 건 얼마나 신나는 일인지. 이윽고 번역자들끼리 자신을 소개하는 방법 중에 빠지지 않는 것, 내가 아를에서 새로운 사람을 만날 때마다 반드시 말해야 했던 것, 누구를 번역했는가 하는 질문이 우리 사이에도 어김없이 오갔다. 그는 마르셀 프루스트의 『잃어버린 시간을 찾아서』를 페르시아어로 번역했노라고 말했다.

아, 그래? 난 지금 그걸 러시아어로 번역하고 있는데. 그때 바로 옆에 앉아 시리얼 비슷한 걸 먹으며 말없이 우리의 대화를 듣고 있던 남자가 말했다. 머리가 조금 벗어졌고 반바지 밑으로 단단해 보이는 종아리를 드러낸, 60대로 보이는 사내였다. 나는 그와도 악수를 나누었다. 안톤, 키예프 출신. 그렇게 어려운 걸, 아니 어려운 건 차치하고 그렇게 긴 걸 어떻게 번역했어? 페르시아어로는 몇 권으로 나왔지? 나는 콜레주의 불문율 첫 번째를 잊지 않고 반말로 물었다. 당시 나는 이란이 이라크와 달리 아랍 문화권에 속하지 않는다는 것을 몰랐다. 이란은 다른 아랍국들과 민족도 다르고 언어도 아랍어가 아니라 페르시아어를 쓰는데, 다만 표기가 아랍 문자와 비슷한 알파벳을 쓴다는 것을 나중에야 알았다. 그때 내가 이란에 대해 알고 있던 것은 팔라비 왕조가 혁명으로 축출되고 종교 지도자 호메이니가 정권을 쥐었다는 것, 그들이 페르시아의 시인 오마르 하이얌Omar Khayyām, 1048~1131의 후예라는 것 정도였다.

프루스트는 필생의 작품 『잃어버린 시간을 찾아서』를 완성해 갈리마르로 보낸다. 그리고 당시 갈리마르 출판사의 편집인이었던 앙드레 지드는 이 작품을 퇴짜 놓는다. 바스나와 나는 스완과 게르망트 얘기를 하다가 삼천포로 빠졌고 안톤은 활발히 끼어들었다. 아니, 갈리마르로 보낸 게 아니라 동인지 〈신프랑스평론〉이었을걸. 어쨌든 그 동인지의 수장이 지드였던 건 맞아. 재미있는 건 지드가 그 동인지를 발간한 건 당시의 보수적인 문단에 반기를 든다는 의미에서였는데, 앙드레 말로와 장 폴 사르트르의 글은 실어주고 문제의 프루스트의 글을 읽어보지도 않고 돌려보냈다는 거지. 아닐걸, 조금 읽다가 마음에 안 드는 구석이 있어서 던졌다던데. 아냐, 아예 읽지도 않았다니까. 그 증거로 프루스트의 개인 비서가 작품을 싼 다음 특이한 방식으로 매듭을 지었는데 그 매듭이 그대로 있었다고 했어. 그런데 중요한 건 바로 이 대목이야. 지드가 프루스트를 그렇게 취급한 이유 말이야. 프루스트는 당시 영국 작가들 작품을 번역하고 잡문이나 쓰는 별 볼일 없는 번역자에 불과했다는 거지. 그러니까 별 볼일 없는 번역자인 바스나와 안톤과 나는 그 부분에서 미묘하게 열을 올리며 말이 많아졌다. 지드가 번역에 대해 그렇게 생각하진 않았을 거야. 지드 자신이 셰익스피어 번역에 엄청난 시간을 바친 번역자였으니까. 다만 '전업' 번역자에 대해 편견을 가졌을 수는 있지. 바스나가 반박했다.

　바스나와 안톤과 나, 우리 셋은 전업 번역자였다. 아를에서 만난 번역자들은 일단 둘로 나뉜다. 전업 번역자와 파트타임 번역자. 겸업하는 직업으로는 대학교수가 가장 많았고 미술관 큐레이터, 영화 홍보가 등등 다양했다. 그런 이들은 대개 전업 번역자보다 차림새가 조금 더 말끔했다. 재킷 정도는 걸치고 다녔고 일정한 수입이 보장되어 훨씬 여유가 있어 보였다. 아를에서 만난 전업 번역자들의 얼굴에서 나는 어김없이 어떤 열패감 같은 것을 보았다. 나 자신도 깊숙이 지니고 있는 그 열패감의 근원에는 경제적인 문제가 자리 잡고 있었다.

　출판 번역, 특히 문예 번역은 제대로 지불받지 못하는 직업이다. 20여 년을 출판 번역자로 살아온 내가 알기로 번역은 밥벌이를 하기에 좋은 도구가 아니다. 노동의 경제성 측면에서 볼 때 번역만큼 수지가 안 맞는 것도 없다. 이는 서울에서나 파리에서나 비슷하다. 그래서 전업 번역자들의 얼굴에는 이유 있는 열패감이 깃들어 있는데 역설적으로 그 좌절의 기운이 우리를 결속시켜주기도 한다. 적어도 바스나와 나의 경우에는 그랬다. 그리고 제대로 보상받지 못하는 세월을 오래 견디다 보면 마음속 '병기창'에 차곡차곡 쌓이는 것들이 있다. '파트타임'으로는 아마도 알 수 없을, 배수의 진을 친 자만이 지닐 수 있는 각성 말이다. 그 각성이란 것이 "거의 감지할 수 없을 정도이긴 하지만 깊은 수정이 가해진…… 생명의 무게가 얹힌"(발레리 라르보) 말로써 드러날 수 있다고 전업 번역자인 나는 믿는다. 애잔한가.

그렇게 시작된 바스나와의 교우는 따뜻했다. 그의 나이는 나보다 열 살 정도 많은 듯했고, 지성의 차이는 20년이 간단히 넘을 듯했다. 테헤란에서 노모와 함께 산다는 그는 한 번 결혼한 경력이 있고 지금은 독신이라고 했다. 내가 그의 요리 실력이 지식 수준에 훨씬 못 미친다는 것을 아는 데에는 그리 오랜 시간이 걸리지 않았다. 앞서 말한 안톤은 나이도 많고 혼자였지만, 슈퍼마켓에서 손질된 스테이크 고기를 사다 구워 먹는 데 능숙했다. 하지만 바스나가 요리하는 건 본 적이 없었다.

바스나와의 소통이 진짜로 이루어지기 시작한 것은 오마르 하이얌의 시를 통해서였다. 그가 자신의 조상이자 페르시아 시인 오마르 하이얌 얘기를 어쩌다가 꺼내게 되었는지는 잘 생각나지 않는다. 어쨌든 그 순간 10여 년의 세월을 뚫고 내가 20대 때 좋아했던 오마르 하이얌의 시집 『루바이야트』가 되살아났다. 나는 기억 속을 뒤져 『루바이야트』를 몇 편 한국어로 암송했고, 오역을 불사하며 프랑스어로 그에게 들려주었다. 바스나의 눈에 놀라는 빛이 스쳤다. 이란의 어느 번역자가 황진이를 읊조리는 걸 들었다면 내 기분이 어땠을까. 그런 순간이 있다. 한 사람의 머릿속 서랍이 열리고 그 안의 언어가 상대를 마음속 방으로 인도하는 순간. 우리는 주변의 번역자들이 다 제 방으로 돌아가 식당에 둘만 남게 될 때까지 늦도록 하이얌의 시들을 불러냈고, 급기야 그는 자기 방으로 가서 작은 기타처럼 생긴 악기를 들고 나왔다.

그대여 잠을 깨라, 먼동이 트면 찬란한 태양은

밤의 들판에서 별들을 무찔러 물러가게 하고
하늘에서 어둠으로 가득 찬 밤마저 몰아낸 후
술탄의 성탑에 그 찬란한 빛을 내리쬔다.
(…)
꼬끼오, 닭이 울자 주막 앞에서
사람들이 외친다, 문을 열어라.
우리가 지상에 머물 시간은 너무도 짧고
한번 떠나면 다시는 돌아오지 못하나니.

4행시에 얹힌 바스나의 선율이 늦은 밤의 정적에 부드러운 균열을 냈다. 『루바이야트』를 세상에 널리 알린 것은 에드워드 피츠제럴드 Edward Fitzgerald, 1809~1883였다. 그가 묻혀 있던 하이얌을 영어로 번역해서 시간의 언덕 이편으로 불러낸 것이다. 그리고 내가 읽은 하이얌의 시들은 페르시아어에서 바로 번역된 것이 아니라 피츠제럴드가 영어로 옮긴 것을 다시 우리말로 옮긴 것이었다. 시가 두 차례 번역되는 과정에서 어떻게 '손상'되었을지 나는 알지 못한다. 다만 그날 밤 다시 내가 프랑스어로 번역한 하이얌을 바스나가 '이해'한 것을 보면, 행간의 생기까지는 몰라도 원의가 크게 달라지지는 않은 것 같다. 좋은 시간이었다. 번역이 아니었다면 내가 어떻게 이 아득한 고대 페르시아 시인의 4행시에 그렇게 경도될 수 있었겠는가. 그리고 내가 번역자가 되지 않았다면 그로부터 20년 후 그의 후예를 만나 함께 그의 시를 읊을 수 있었겠는가.

방심하는 순간 삶은 허를 찌르는 법. 다음 날 나는 바스나에게 미묘한 배신감을 느껴야 했다. 유고 번역자가 연 작은 수아레 soirée, 파티 때였다. 말이 파티지, 자기 나라로 돌아가는 누군가 체류 중인 번역자들에게 저녁 식사를 대접하는, 그러니까 공동 식사 정도였다. 당시만 해도 그건 콜레주의 전통이었는데 이후 서서히 사라지고 있는 것 같다. 한참 후 내가 10여 년 전에 콜레주에 온 적이 있다고 말하자 누군가 물었다. 그땐 번역자들이 이곳을 떠날 때마다 수아레를 여는 전통이 있었다던데 정말이야? 왠지 내가 화석이 된 것 같은 느낌이 잠깐 스쳤다.

수아레의 식사 준비는 대개 공동으로 이루어졌다. 시간이 나는 사람들은 음식 만드는 것을 돕고 그렇지 않은 사람들은 과일이나 포도주 등을 가져왔다. 그날 나는 밖에서 저녁을 먹고 좀 늦은 시각에 포도주 한 병을 들고 합류했다. 사람들이 노래를 부르고 있었다. 조르주 브라상이었다. 유난히 목소리를 높여 열심히 노래를 부르는 엘렌 맞은편에서 바스나가 흐뭇한 미소를 짓고 있었다. 여고생 같은 새침한 인상의 프랑스인 번역자 엘렌은 몸집이 좀 통통했고 뭐랄까 육감적인 면이 있었다. 하지만 나는 그녀와 길게 이야기를 나눠본 적이 없었고, 굳이 그럴 마음도 들지 않았다. 그녀의 분위기는 내 취향이 아니었고, 그렇잖아도 콜레주 생활은 바빴으므로 언젠가 그녀가 덜어준 조개 파스타가 심하게 지분거려서 받은 부정적인 인상을 지울 만한 에피소드를 갖지 못한 상태였다. 그런데 그날 엘렌은 노래를 멈추지 않았다. 〈모베즈 레퓌타시옹La Mauvaise Réputation, 나쁜 평판〉으로 시작해 브라상의 노래를 열 곡 넘게 불러젖혔던 것이다. 그녀의 목소리가 브라상과 어울리지 않는다는 내 판단은 절대로 편파적인 것이 아니었다.

마침내 노래가 끝내고 수아레는 제 리듬을 되찾았다. 우리는 따로 또 같이 이런저런 화제로 얘기를 나누며 포도주 잔을 기울였다. 식탁 위의 그릇은 이미 치워져 세척기 돌아가는 소리가 들려왔다. 이윽고 사람들이 하나둘씩 자리에서 일어났다. 나도 그만 들어가 자야겠다고 인사를 하고 돌아섰다. 그런데 책을 두고 온 게 생각나 발길을 돌린 참이었다. 잠깐 나는 그 자리에 얼어붙었다. 멀찍이 보이는 탁자 밑으로 마주 앉은 바스나와 엘렌의 다리가 얽혀 있었던 것이다.

두 사람은 그곳에서 좀 사귀었던 모양이다. 나중에 들으니 엘렌은 이혼 소송 중이었다고 했다. 나는 바스나에게 화가 났다. 왜 하필이면 엘렌이란 말인가? 지분거리는 파스타나 만들고 눈치 없이 노래나 연속으로 불러대는 그녀를 그는 어떻게 좋아할 수 있단 말인가? 바스나가 아까워서 난 정말 속이 상했다. 아니, 통통한 손가락에 주홍색 알반지를 끼고 살짝 관능적으로 악보를 넘기는 것밖에 할 줄 모르는 엘렌한테 모르는 것이 없는, 나의 걸어다니는 사전 바스나를 뺏기다니. 도대체 엘렌은 바스나의 진가를 알아보긴 한 거야? 바스나는 눈이 삐기라도 한 거야? 나는 동행한테 툴툴거렸다. 감히 현대판 오마르 하이얌을 넘보다니.

그런데 그들의 만남이 길게 이어지지 않은 건 오히려 엘렌이 적극적이지 않아서인 듯했다. 그러니까 바스나가 차인 것이다. 나는 바스나가 상당히 암시적으로 엘렌에게 구애의 말을 건네는 걸

들을 수 있었다. 먼저 콜레주를 떠난 건 바스나였는데, 떠나기 전날 식사를 준비하는 대신 그는 꼭 해금을 닮은 이란의 전통악기 타르를 연주했다. 기본 틀은 기타와 같지만 울림통이 물방울 모양으로 되어 있고 대가 긴 악기에서 신비로운 음률이 흘러나왔다. 이란의 음악 '라디프radif'는 구전으로 전승되는 페르시아 전통음악으로 페르시아 문학의 요체를 담아낸다고 말하면서 바스나는 자신의 비루한 연주가 그 예외 중에 예외임을 감안하고 들어달라고 했다. 하지만 뭔가 성스러운 그 악기에서 흘러나오는 브라상의 선율은 이질적이면서도 감동적이었다. 그 연주가 우리를 위해서가 아니라 엘렌을 향한 것이라는 걸 좌중의 모든 사람이 알 수 있었다.

그로부터 10여 년이 지나 콜레주에 다시 갔을 때 나는 바스나가 파리에서 심장마비로 죽었다는 소식을 들었다. 그와 연락이 끊긴 지 여러 해가 지났음에도, 그동안 아무 불편 없이 지냈음에도 나는 그날 밤 잠을 이룰 수 없었다. 침대에서 일어나 잠옷 위에 카디건을 걸친 후 방을 나와 아래층 도서실로 내려갔다. 그가 번역한 책, 프루스트의 『잃어버린 시간을 찾아서』 페르시아어판을 찾아보기 위해서였다. 자정이 가까운 그 시각 도서관에는 불이 켜져 있었고 두어 명의 번역자가 각자 자리에서 자판을 두드리고 있었다. 가운뎃줄 중간쯤 서가에서 나는 프루스트의 책, 아니 바스나의 책을 찾아내 펼쳤다.

"오랫동안 나는 일찍 잠자리에 들었다." 페르시아어 철자조차 모르지만 나는 기억하고 있는 그 책의 첫 문장을 읽었다. 미셸 푸

코가 지적했듯 프루스트의 그 문장은 문학으로 들어가는 입구지
만 그 어느 것도 문학에 속하지 않는다. 푸코는 다시 쓴다. "『잃어
버린 시간을 찾아서』에서 보이는 '잃어버린'이라는 단어에는 적어
도 세 가지 의미 작용이 있다. 이미 닫힌 삶의 시간, 이제는 더 이
상 만들어질 시간을 갖지 못하는 작품의 시간, 그리고 프루스트
의 작품 자체에서 우리가 보는, 파편이라는 형태로만 찾을 수 있
는 그 잃어버린 시간이 그것이다." 바스나와 내가 나눈 시간은 지

금 어느 아득한 공간에 무늬를 만들고 있을까. 그리고 이렇게 바스나를 추억하는 시간을 나는 또 언제 잃게 될까.

그렇게 번역자 한 사람이 지상에서 사라졌다.

마법의 생강즙 한 숟가락

이삭과 레베카

식당 안뿐 아니라 도서실 안에서 여러 차례 만났으면서도 나는 레베카가 번역자라고 생각하지 않았다. 그것은 번역자라기엔 지나치게 균형 잡힌 몸매와 가벼운 발걸음, 경쾌한 기운 때문이었다. 그러니까 내 생각에 문학 번역자들에게는 특유의 태도가 있는 것 같다. "당신이 먹는 것이 곧 당신 자신"인 만큼 "당신이 하는 일이 곧 당신 자신"이기도 하다. 그 말의 연원이 유대 속담이든 히포크라테스든 혹은 간디든 간에 먹을거리의 중요성만큼이나 하는 일이 그 사람을 규정한다고 믿는다. 언젠가 어떤 출판기념회에서 그 예외에 해당하는, 윤기 나는 슈트가 잘 어울리고 지나치게 반들거리는 번역자를 보긴 했지만 그것은 그가 전업 번역자가 아니라 대학에서 가르치는 일로 매달 안정된 수입을 확보한다는 점으로 설명되었다. 그러니까 내가 문학 번역자의 태도라고 보는 그 무엇은, 그가 깨어 있는 시간의 얼마만큼 사전을 놓고 외국어 문장과 씨름하느냐에 달려 있다. 번역자들이 좋게 보자면 지적인, 나쁘게 보자면 시니컬한 태도를 갖고 있다는 건 완전히 근거 없는 편견은 아닌 듯하다. 어쨌든 레베카는 번역자가 아니었고, 대학교 선생이면서 번역자인 이삭의 동반자였다.

그녀가 번역자가 아닐 거라고 내가 생각한 이유는 걸음걸이 외에 사용하는 언어 때문이기도 했다. 열 명 내외의 번역자들이 거주하는 콜레주에서 누군가와 10분 이상 대화를 하고 나면 그가 무엇을 번역했는지 그가 누구를 읽었는지뿐 아니라 어떤 태도로 삶을 바라보는지 삶에서 무엇을 중요하게 생각하는지를 얼마쯤은 알아맞힐 수 있다. 언어는 혹은 언어를 둘러싼 그 무엇은 그렇게 그 사람을 드러낸다.

콜레주의 '공식' 언어는 프랑스어였는데, 프랑스어가 유창하든 않든 간에 번역자들은 단어 선택에 까다로웠다. 그들은 자신과 닮은 단어를 골랐다. 일상적이고 흔한 구문 속에 자기만의 표현을 슬쩍 끼워 넣는 것이다. 크리스토프는 '이로니크ironique, 역설적인'라는 표현을 좋아해서 자신이 만든 콩 수프의 맛에까지 그 단어를 동원했고, 몸집이 크고 선이 굵은 제르멘이 자신이 번역한 비스와바 심보르스카Wislawa Szymborska, 1923~2012의 감수성을 두고 엄지와 검지 끝을 동그랗게 오므리며 "트레 트레 팽Très très fin, 무지 무지 섬세해"이라고 말할 때면 머릿속 어딘가에서 작은 은종이 울리는 것 같았다. 언어는 그렇게 단숨에 한 사람의 머릿속 풍경을 보여준다. 나는 제르멘이 쓰는 단어를 통해서, 그녀가 그 단어를 발음하는 방식을 통해서, 순간 반짝이는 그녀의 눈빛을 통해서 시를 번역하는 그녀의 민감한 감수성을 음미할 수 있었다. 그런데 레베카에게서는 그런 특징이 느껴지지 않았다. 그녀는 자신이 쓰는 단어와 깊은 관계인 것처럼 보이지 않았고, 자주 적절하지 않은 단어를 썼으며 그 사실을 의식하지도 못했다. 문학 번역자들에게 그런 일은 없다.

나는 고등학교 때 불문학을 심각하게 만난 이후 언제나 알베르 카뮈를 장 폴 사르트르보다 좋아했지만 사르트르의 『말』은 여전히 내 제단의 위쪽에 놓여 있다. 이 책은 제목 그대로 언어에 바쳐진 것으로 사르트르는 자신의 친가와 외가 인물에 대해, 자기 자신에 대해 기막힌 서술을 늘어놓는다. 위트와 통찰이 넘치는 이 작품은 카뮈의 작품만큼이나 사르트르에게 노벨상을 안겨주기에 충분했는데, 사르트르는 그것을 거부하는 기개까지 보여주었다. 나는 지금도 이 작품이 인간이 쓸 수 있는 최고의 문학적 자서전이라고 믿는다.

사르트르의 외조부 샤를르 슈바이체르는 일흔의 나이에 "펜을 들고 낱말들을 마치 꽃다발처럼 곱게 엮어놓"으며 지냈다. 그는 모국어가 아니었던 프랑스어의 단어 하나하나에서 즐거움을 찾고 정성 들여 발음하기를 즐겼다. 이런 언급에 이어 사르트르는 자신이 사물의 진수인 '말'을 발견하는 과정을 감미롭게 서술해놓고 있다. "내가 써놓은 꼬불꼬불한 작은 글자가 도깨비불과 같은 빛을 잃고 차츰차츰 탁하고 단단한 물질처럼 굳어가는 것"이 그를 흥분시켰던 것이다. 그것은 허상의 실상화였다. "내가 호명만 하면 사자도, 제2제정 시대의 대장도, 사막의 베두인족도 어김없이 식당으로 들어왔다." 경이로운 말의 힘에 눈뜨는 과정을 이보다 더 매력적으로 서술해놓은 책을 나는 알지 못한다. 소년 폴은 일인칭 소설에서 삼인칭 소설로 나아가면서 그 '원격화'가 가져오는 거리에 눈뜨고 결국 사르트르가 된다. 사르트르의 『말』

에 나만큼 감명을 받지 않았더라도, 문학 번역자들에게는 언어에 대한 특별한 감수성이 있고 그것이 만들어낸 어떤 버릇을 갖고 있기 마련인데, 레베카에게서는 그런 것이 보이지 않았다. 아니 어쩌면 그건 언어 이외의 것일 수도 있다. 어떤 분위기, 태도라고 해야 할까.

내가 레베카와 단둘이 처음으로 긴 이야기를 하게 되었을 때 내 목소리는 거의 나오지 않는 상태였다. 9월이었고 날씨가 화창했지만 어떤 이유에선지 나는 지독한 목감기에 걸려 있었다. 열이 나지도 몸이 아프지도 않은데 목만 꽉 잠기고 아픈 그런 감기였다. 그런 경우는 처음이어서 나는 좀 당황했다. 곧 나아지겠거니 하고 대수롭지 않게 생각했는데 그 목감기는 사나흘을 넘겨 일주일째로 접어들었다. 처음에는 과일 주스와 드롭스를, 그다음에는 비타민을, 그다음에는 약국에 가서 약을 사다 먹었으나 내 목은 낫지도 나빠지지도 않고 그 상태에 머물러 있었다. 그저 목소리만 나오지 않았다. 많이 답답했다. 외국어로 소통을 해야 하는 상황인 데다 동행은 남들이 자신의 흉을 볼 때만 프랑스어를 알아듣는 사람이었으므로 내가 간간이 통역을 해줘야 했는데 그걸 할수 없었으니. 그렇잖아도 버벅거리던 내 프랑스어는 반벙어리 말이 될 참이었다.

그즈음 나는 그게 목감기가 아니라 심리적인 병일지도 모른다는 생각을 했다. 내 모국어인 한국어를 충분히 사용하지 못한 채로 답답하고 서툰 외국어로 소통하는 상황이 계속되자 몸이 반기를 든 것은 아닐까. 그런데 내가 프랑스어를 외국어라고 절실히 느끼는 건 문학 이야기를 할 때가 아니라 의사 앞에서 내가 어디가 어떻게 아픈지를 설명해야 할 때, 저녁거리로 끓인 찌개에 들어간 생선과 채소의 이름을 대야 할 때, 은어투성이인 말을 빠르게 쏟아내는 젊은이들과 대화할 때 그리고 나를 이해하겠다는 선의가 전혀 없는 타인과 통화할 때였다. 그런 상황에서 혹시 나는 더 이상 말을 하지 않아도 되는 구실을 만들어낸 것은 아닐지. 나는 목감기를 몸이 취하는 하나의 방어기제로 여기고 체념하기 시작했다. 내가 레베카와 이야기를 나눈 것은 그런 때였다.

그녀는 자신을 예루살렘의 트레이너라고 소개했다. 그녀의 경쾌한 걸음걸이가 이해되는 설명이었다. 이삭은 히브리대 교수로 일하면서 추리소설을 번역한다고 했다. 그는 전업이 아닌 번역자답게 훨씬 여유 있어 보였다. 보통 전업이 아닌 번역자의 셔츠는 솔기가 닳아 있지 않다. 아니, 티셔츠보다는 드레스셔츠를 즐겨 입는다. 넥타이는 매지 않는다. 기본 차림이 넥타이라면 파트타임으로도 번역자가 아닌 경우가 많다. 물론 내 편견이다.

이삭과 레베카, 두 사람 모두 유태인이었다. 나는 유태인에 대해 탈무드의 머리 좋은 사람들, 홀로코스트의 희생자 그리고 미국을 저변에서 움직이는 사람들, 뭐 이 정도의 선입견이 있었지만 그건 호감도 악감도 아니었다. 그런데 레베카는 비밀의 처방으로 내 목을 낫게 해주었다. 내가 유태인들을 좋아할 이유가 한 가지 생긴 것이다. 대화를 이어가기도 힘들 정도로 잘 나오지 않는 내 목소리를 듣고 레베카는 예루살렘의 중국 아줌마에게서 배운 특별 처방을 알려주겠노라고 했다. 목 상태가 그럴 때 특효를 보이는 방법이 있다는 것이었다. 날생강을 잘 씻어서 즙을 낸 다음 큰 숟가락으로 가득 먹으면 단번에 낫는다는 것이었다. 다만 먹을 때 가능한 한 오래 목구멍에 접촉되도록 물고 있어야 한다고 했다. 개구리 다리 하나, 거미줄 몇 가닥, 이슬 한 방울…… 뭐 이런 마녀의 처방전을 연상시키는 방법이었지만 어쨌든 손해 볼 것이 없었으므로 나는 해보겠노라 했고 다음 날 아침 생강을 사 왔다. 그런데 섬유질이 많은 생강을 즙 내는 일이 의외로 쉽지 않았다. 짓이긴 다음 손수건으로 싸서 짜는 방법을 생각해냈고 그렇게 하고 있는데 마침 레베카가 지나가다가 발을 멈추었다. 그녀는 찬장을 뒤져 스테인리스스틸로 된 마늘 짜개를 찾아냈다. 그걸로 표면 장력 현상까지 보이는 탐스러운 생강즙 한 숟가락을 만들어 내게 내밀었다. 나는 희미하게 마늘 냄새가 나는 그 탁한 노란 즙을 입 안에 오랫동안 물고 있었다.

이튿날 아침 내 목소리는 완전히 정상으로 돌아왔고 나는 그것이 생강즙 덕분이었다는 걸 믿어 의심치 않았다. 지금도 나는 목이 좀 이상해지면 '레베카 시럽'을 마신다. 즙을 낼 때 마늘 짜개를 사용하는데, 그래서 마늘향이 살짝 밴 이 생강 시럽은 언제나 효과가 있다. 레몬이나 바질, 민트 같은 걸 살짝 섞어 제품화해서 특허라도 내고 싶을 정도다. 그렇게 된다면 물론 레베카에게 로열티를 지불할 것이다.

나는 레베카에게 열띤 감사를 표하고 서울에서 가져온 신라 금관 모양의 페이지 파인더를 하나 주었다. 금색 금속 박편으로 섬세하게 만들어진 그 작은 선물을 받아 들고 레베카는 나를 안으며 기쁨을 표했다. 그때 옆에서 빙긋 웃고 있던 이삭이 내게 뭘 번역했느냐고 물었다. 자신은 전공이 철학이지만 추리소설을 좋아해서 조르주 심농을 번역했다는 것이다. 그러니까 그는 심농 번역을 매개로 콜레주에 오게 되었는데, 지금은 다른 일로 바빠서 작업을 못하고 있다고 했다. 심농 전기를 쓴 피에르 아술린은 조르주 심농을 두고 '공감'의 추리 작가라고 했는데, 사실 추리 작가 중에는 고전의 반열에 오를 만한 이들이 꽤 있다. 네 키가 메그레 반장과 비슷하겠는걸, 하고 내가 말하자 그가 180센티미터 정도의 장신을 기울이며 체중은 반밖에 되지 않을 거라고 대답했다. 나는 그에게 프레드 바르가스^{Fred Vargas, 1957~}를 아느냐고 물었고 『4의 비밀』을 번역했다고 말했다. 그러자 그는 읽어본 적이 없다면서 자신이 가장 좋아하는 추리 작가는 레이먼드 챈들러라고 밝혔다.

챈들러는 소설도 좋고 편지들도 좋다. 톰 하이니가 선별한 그의 편지 모음집은 그의 매력적인 페르소나 필립 말로의 원형이 저자 자신이라는 걸 보여준다. 콜레주에서는 굳이 밝히지 않았지만 나는 애거사 크리스티 작품 중에서 푸아로 시리즈를 몇 권 번역하고 나서 추리소설에 대해 뭘 하나 써볼까 하는 생각을 하는 중이었다. 필립 말로는 탐정 중에서 번역자의 느낌을 가장 많이 갖고 있는 인물이다. 말로는 자기 자신이 아니라 다른 사람, 그것도 처음 만나는 사람을 묘사할 때 특이하게도 번역자의 특징을 드러낸다. 상대의 눈을 보고는 어느 고성에 있는 900년 된 우물 이야기를 한다. 돌을 던지고 귀를 기울인다. 한참이 지나도 소리가 들리지 않아 결국 포기하고 뒤돌아서는 순간 희미하게 들려오는 소리, 듣는 이를 한순간 혼란에 빠뜨리는 소리를 듣는다. 자동차를 묘사할 때조차 그런 단단한 묘사력을 발휘하는 기묘한 탐정 필립 말로. 이삭에게는 그런 분위기가 있었다. 다만 레베카에게서는 말로가 좋아하는 나른한 미인 분위기를 찾아볼 수 없었다.

이삭과 레베카는 주방을 거의 사용하지 않았다. 그들은 세 끼를 모두 근처의 식당에서 사 먹는 듯했다. 바게트를 사 오는 것도, 커피를 끓여 식당에 앉아 있는 모습도 본 적이 없었다. 포도주를 마시는 데에도 거의 어울리지 않았다. 그러니까 내가 그들과 조우할 때는 내가 현관을 겸한 식당에서 뭔가를 하고 있고 그들이 지나가면서 이야기를 걸 때뿐이었다. 레베카의 생강즙과 이삭의 추리소설 정도가 내가 그들에 대해 알고 있는 전부였다. 내가 이삭에 대해 좀 더 알게 된 것은 내 동행을 통해서였다.

지금 생각해보면 내 동행에게 그곳은 좀 지루한 곳이었을 듯하다. 무엇보다 말이 통하지 않는다는 게 한두 주 지나면 사람을 힘들게 하는 것이다. 그리고 저녁 식사 때마다 곁들여지는 포도주를 그가 그리 좋아하지 않는다는 걸 나는 나중에야 알았다. 그런 동행이 그곳에서 탈출구로 삼은 것은 산책과 신문이었다. 그는 관광 같은 걸 즐기는 타입이 아니었다. 언젠가 파리 여행을 온다고 해서 당시 그곳에 있던 나는 샤를드골 공항으로 마중을 갔다. 그런데 비행기가 일찍 도착했는지 그가 먼저 와 있었다. 공항의 기둥 중 하나에 비스듬히 기대어 서 있었는데, 그의 어깨에 가볍게 걸쳐진 얇은 나일론 배낭은 반도 채워져 있지 않았다. 온갖 살림을 싸갖고 다니는 편이었던 나의 배낭, 그러니까 파리에서 그를 마중 나갔던 당시의 내 배낭보다도 작았다. 슈트케이스 따위는 물론 없었다. 한 달 이상의 여행을 계획하면서 홑겹짜리 검은색 나일론 배낭에 칫솔 하나, 수건 한 장, 티셔츠 하나, 책 한 권만을 넣어 온 것이다. 그는 실제로 그 헐렁한 배낭 하나로 이탈리아를 거쳐 그리스까지 갔다가 서울로 돌아갔다.

그 작고 얇고 까만 배낭은 내게 충격을 주었다. 어쩌면 나는 그 배낭 때문에 그를 평생의 동행으로 받아들였는지도 모르겠다. 나중에 내가 어떻게 그럴 수 있느냐고 묻자 그는 이렇게 대답했다. 있으면 참 좋겠다 싶은 건 안 넣고, 없으면 절대로 안 된다 싶은 것만 넣으면 된다고. 있으면 좋겠다 싶은 것은 물론 과연 필요할까 싶은 것까지 넣는 내게 말이다. 아무튼 아를에서 내 동행은 역사적인 유적보다 거리의 벤치에 앉아 담배 피우는 걸 더 즐겼고 해가 설핏해지면 론 강으로 향하는 작은 골목길들을 거닐면서 저녁을 먹거나 저녁거리를 사들고 돌아오는 일을 더 좋아하는 듯했다. 그러던 어느 날 그는 자기 마음에 꼭 드는 작은 서점을 발견했고, 이후 매일 그곳에서 〈헤럴드트리뷴〉을 샀다.

프랑스어를 모르는 그에게 프랑스를 여행하는 동안 〈헤럴드트리뷴〉은 세상을 보는 창이었다. 정작 나는 〈르몽드〉 같은 걸 꼬박꼬박 챙겨 보는 일과는 거리가 멀었고, 그저 저녁 뉴스를 슬쩍 보거나 가판대를 지나면서 헤드라인을 읽는 정도였는데, 그는 매일매일 꼼꼼하고 성실하게 영자 신문을 읽었다.

그러던 어느 날 나는 콜레주 현관에 놓인 탁자 위로 〈헤럴드트리뷴〉이 매일 아침 배달된다는 사실을 알게 되었다. 콜레주의 번역자들은 영자 신문을 거의 읽지 않았다. 도서실에 내려가면 〈르몽드〉는 물론 〈르누벨옵세르바퇴르〉〈르카나르앙셰네〉까지 있었으므로 그럴 필요가 없기도 했다. 우리가 즐겨 읽던 것은 문학 잡지인 〈리르〉와 〈마가진리테레르〉였다. 내가 콜레주의 텔레비전 탁자 위에서 〈헤럴드트리뷴〉을 발견해 동행에게 그 사실을 알려준 날 이후 그는 내가 커피를 끓이는 동안 식당을 가로질러 갓 배달된 신문을 집어 왔다. 그런데 어느 날 동행이 내게 불평했다. 신문이 자꾸 없어진다는 것이었다. 하지만 그런 불평은 부당했다. 우리 신문도 아니잖은가. 나는 만나는 사람마다 오늘 자 〈헤럴드트리뷴〉 봤니, 보통 저기에 놓여 있었는데, 하고 물어보았지만 소득이 없었다. 동행은 다시 신문을 사기 시작했다. 이번에는 조금 불만스러운 표정으로. 왜냐하면 다음 날이나 그다음 날에는 조금 후줄근해진 신문이 낡은 회청색 벨벳 소파 위에 돌아와 있었기 때문이다. 그러던 중 동행이 내게 말했다. 드디어 만났어. 누굴? 〈헤럴드트리뷴〉을 가져간 사람. 그게 누군데?

그날 동행은 식당으로 나오면서 텔레비전 앞에 놓여 있는 〈헤럴드트리뷴〉을 보고 쾌재를 불렀다고 했다. 마침 신문을 사러 나가는 길이었다. 그는 널찍한 식당을 가로질러 탁자로 다가갔다. 그 순간 누군가 밖에서 문을 열고 안으로 들어서며 신문을 집으려 손을 뻗었다. 두 사람의 손이 가까워지고 시선이 부딪쳤다. 그는 이삭이었다. 그렇게 두 사람은 만났다.

나중에 동행은 그 교류가 좀 이상했다고 회고했다. 남자와 남자 사이의 교류라기에는 어딘가 '첫눈에 반한 것' 같은 느낌이 있었다는 것으로 나는 해석했다. 이제 나는 남녀 간에도 첫눈에 반하는 걸 믿지 않는데 하물며 동성 간이라니. 동행의 말에 따르면 자신은 친구를 만날 때 비겁한 인간, 배신할 것 같은 인간을 제일 먼저 제외시키는데 이삭을 만났을 때에는 "오랜만에 남자다운 남자를 만났다"는 느낌을 받았다는 것이다. 아침에 만나 서로 얼굴을 보고 씩 웃기만 해도 기분이 좋았단다.

히브리대학에서 학생들을 가르치는 이삭은 당시 번역과 관련된 무슨 프로젝트를 진행 중이었고, 그 일은 아마도 아를에 본사를 둔 악트쉬드 출판사와의 협업으로 이루어졌던 모양이다. 그가 주방에서 음식을 거의 해먹지 않았던 것은 체류 일정이 빠듯해서였다. 실제로 그는 얼마 지나지 않아 레베카와 함께 파리를 거쳐 예루살렘으로 돌아갔다. 작별 수아레 같은 것은 열지 않았다.

나중에 서울로 돌아와 나는 내 동행이 그와 이메일을 교환하고 있다는 것을 알았다. 꽤 길고 자세한 이메일을 통해 이삭은 자신이 재즈광이고 레베카는 그의 부인이 아니라 여자 친구이며 무신론자라는 사실을 숨김없이 이야기했다. 두 사람은 영어, 그러니까 〈헤럴드트리뷴〉의 언어로 몇 차례 이메일을 주고받았다. 그러다가 소식이 끊겼는데, 그때가 무슨 자살 폭탄 테러로 히브리대학이 공격을 받았을 때여서 동행은 여러 날 마음을 끓였다. 나는 이삭이 지상에서 사라지지 않았기를 빈다. 적어도 그런 식으로는!

그 시간은 어디로 갔을까

후안과 디아나

동행과 나는 그때 늦은 점심을 먹고 있었고 그런 일은 흔한 것이 아니었다. 꽤 오래전부터 나는 아침을 커피와 빵 한 쪽 정도로 간단하게 먹고 있었던지라 점심 무렵에는 폭풍 흡입의 준비가 되어 있어서 정오가 되자마자 하루 중 가장 풍성한 식사를 하곤 했던 것이다. 그날 무슨 일 때문이었는지 우리의 점심은 늦었고, 그렇잖아도 거한 점심 식사에 반찬이 한두 개 더해졌던 것 같다. 그래 봤자 새우 몇 마리와 꼬마 오징어를 넣고 고추장과 토마토 소스를 섞은 국물을 자작하게 끓인 것에 페투치니를 던져 넣은 국적 불명의 파스타에다 파르마산 치즈를 듬뿍 올리고 찐 달걀을 넣은 샐러드 정도였다. 그리고 남은 밥을 끓여서 눌은밥으로 마무리한 것이었는데, 우리가 먹는 이 눌은밥이 후안의 주의를 끈 모양이었다. 그게 뭐니? 한국의 특별 요리니?

후안은 턱수염 때문인지 볼에서 턱으로 내려오는 선 때문인지 아니면 스페인인 특유의 어떤 분위기 때문인지 처음 봤을 때 내게 세르반테스, 돈키호테, 산초 판사, 피카소, 가르시아 로르카를 뭉뚱그려놓은 것 같은 인상을 주었다. 실제로 그런 게 있는 것 같다. 스페인 남자, 그중에서도 안달루시아 사내의 기질이 투사

된 외모적 특징 말이다. 남자답고 의리 있고 살짝 마초적이고 다변인 동시에 과묵한 인상을 주는. 마드리드의 프라도 미술관에서 하루 종일을 보내고 나오면 그런 스페인 남자의 전형이라고 할 만한 어떤 얼굴이 떠오른다. 이를테면 고야가 그린 후안 2세의 초상화에서 오른쪽 다리를 내밀고 있는 품새는 프랑스의 루이들과 좀 다른 데가 있다. 그 좀 다른 특징이 솔 광장을 돌아다니는 스페인 남자들의 얼굴 속에 조금씩 들어 있는 것이다. 마드리드의 어느 카페에서 의자 등받이에 걸어둔 내 가방에서 지갑을 슬쩍하려던 청년의 얼굴에도.

나는 눌은밥을 한 국자 떠서 그릇에 담아 그의 앞에 놓아주었다. 그는 내게 뭘 번역했는지 물었고, 우리는 엑토르 비앙시오티 Hector Bianciotti, 1930~2012에 대해 이런저런 이야기를 나누었다. 어느 순간 그가 의역과 직역에 대해 물었고, 나는 의미와 표현이라는 두 마리 토끼를 다 잡을 수 없을 경우 의미가 우선한다고 대답했다. 움베르토 에코는 '먼저 해석하고 다음에 번역하기'에 대해 말하면서 번역자가 원작의 특정 층위에 집중하는 일의 중요함을 언급한 바 있다. 맥락을 이해하는 번역이 궁극적으로 독자에게 도움이 된다는 것이다. 후안의 프랑스어는 되게 지은 밥알이 또르르 굴러떨어지는 것 같은 스페인어 억양이 더해진 것이었지만 속도가 느리고 비교적 정확해서 알아듣기 어렵지 않았다. 게다가 영어로 내 동행과 소통이 가능했다.

언젠가 길을 걷다가 프랑스인 친구가 내게 물은 적이 있다. 한국인, 중국인, 일본인을 겉모습만으로 구별할 수 있느냐고. 그러면서 동양인과 마주칠 때마다 묻는 시선으로 나를 바라보았는데, 열 중 여덟아홉은 맞혔던 것 같다. 그래서 이번에는 내가 물었다. 영국인, 스페인인, 프랑스인, 독일인을 외모만으로 구별할 수 있느냐고. 그럼, 할 수 있고말고. 친구는 대답했지만 실험 결과 그역시 열 중 한두 경우는 확신할 수 없었다. 그런데 이제 나는 스페인인과 이탈리아인을 외모로 구별할 수 있을 것 같다. 심지어 중남미 번역자 중에서 스페인계와 이탈리아계까지도. 스페인계가지닌 어떤 사내다움과 이탈리아계가 지닌 섬세함을 구별할 수 있을 것 같다.

아무튼 후안의 모습은 스페인적인 어떤 선을 지니고 있군, 하는 생각이 들게 했다. 후안과는 유난히 식사 시간이 겹쳐서 얘기를 많이 하게 됐는데, 그는 특정 책의 번역이 아니라 번역하는 행위 일반에 대해 관심이 많은 듯했다. 당시 나는 지금보다 더 그런 면에 대한 생각이 지리멸렬하여 우리의 대화는 체계적인 논쟁과 거리가 멀었지만 "다른 언어로 거의 똑같은 것을 말하기"에서 '거의'의 스펙트럼에 대해 나름대로 생각을 다질 수 있는 계기가되었다. 그는 "온 땅의 언어가 하나요, 말이 하나"(『창세기』11장)였다면 우리 번역자들은 나오지도 않았을 것이라며, 바벨을 옹호하며 웃었다. 발레리 라르보Valery Larbaud, 1881~1957의 기본적인 번역이론부터 시작해서 조르주 페렉의 '나중에 드러내는 문체'의 번역을 두고 이런저런 이야기가 오간 다음이었다.

이런 얘기들은 때때로 앗, 하는 깨달음이나 깊이가 있긴 했지만 대부분은 좀 피상적인 것이었다. 진짜 논쟁은 아래층 도서실에서 이따금 열리는 세미나에서 이루어졌고, 두어 차례의 그런 경험은 내게 어떤 돌파구를 만들어주었다. 어쨌든 체계적인 이야기를 나누기에 우리는 식사 중이었고 그에게는 동행이 있었다.

디아나는 검고 윤기 있는 긴 머리를 가진 30대의 스페인 여인이었다. 후안이 50대였으니 둘은 나이 차이가 꽤 있었는데, 나는 예나 지금이나 거기서나 여기서나 남녀 관계의 나이 차에는 둔감한 편이다. 커플을 광년 단위로 떼어놓는 것은 나이가 아니라 삶을 대하는 태도의 차이, 사고방식의 차이, 정치관의 차이 뭐 그런 거 아닐까. 그런데 디아나와 후안은 그 분위기라는 것이 조금 다른 커플이었다. 서로 통성명을 하고 나이를 알고 난 다음 디아나는 만날 때마다 서툰 프랑스어로 내게 이야기를 걸어왔다. 사실 디아나의 프랑스어는 스페인어가 잔뜩 들어간 것이어서 우리는 스페인어와 프랑스어와 영어가 뒤섞인 기묘한 언어로 이야기를 나누었는데, 처음에는 불편하기 짝이 없었던 이 언어로 결국은 연애 상담까지 할 수 있었던 게 지금 생각해도 신기하다. 혹시 우리는 서로의 말을 듣고 싶은 대로 들었던 것은 아닐까? 하지만 우리의 의사소통이 틀리지 않았다고 확인시켜준 것은 검은 속눈썹이 아름다운 그녀의 큰 눈에 담긴 풍부한 표정과 아주 환한 미소, 틈날 때마다 서로를 찾아 쥐던 우리의 손이었다. '다른 언어로 거의 완벽하게 소통하기'에서의 '거의'에는 눈빛, 표정, 마주 잡은 손에 주어지는 힘 같은 것들이 한몫을 한다. 그녀가 부르는 내 이름에는 왠지 '언니'라는 말이 따라붙는 것 같았다. 나보다 덩치도 크고 키도 훌쩍 컸지만 그녀가 내 이름을 부르면 내 얼굴에는 즉각

'언니 미소'가 지어졌다.

어느 날 오후 후안이 내게 물었다. 혹시 프로방스 지방의 아름다움을 아느냐고. 나는 우리가 니스와 칸을 거쳐 왔고, 카마르그 지방이나 생트마리드라메르 정도를 다녔을 뿐이며, 앞으로 자동차를 렌트해서 돌아다녀볼까 생각 중인데 아무래도 다음 기회로 미뤄야 할 것 같다고, 그러나 프로방스의 매력에 대해서는 피터 메일Peter Mayle, 1939~의 책들을 통해 알고 있노라고 대답했다. 그러자 후안은 자신이 앞으로 2주 동안 프로방스 지방을 돌아다녀야 하는데 차의 뒷자리가 비니 너희 둘이 합류하면 어떻겠느냐고 물었고, 나는 동행과 의논해보겠다고 대답했다.

그날 우리가 낮잠에서 막 깨어났을 때 노크 소리가 났다. 콜레주에서 이루어지는 교류는 그 장소가 대개 주방과 작은 거실이 딸린 넓은 식당에 한한다. 각자의 방으로 서로를 초대하기도 하지만, 일단 방으로 들어가고 나면 밖에서 그 방문을 두드리는 일은 여간해서 일어나지 않는다. 전할 말이 있으면 이메일을 보내거나 방 앞에 쪽지를 붙여두지 긴급한 일이 아닌 이상 동굴로 들어간 상대를 방해하지 않는다는 게 그곳의 불문율이었다. 뜻밖의 노크 소리에 나는 좀 놀라서 서둘러 침대가 있는 2층에서 가파른 계단을 내려가 문을 열었다. 후안이었다. 자기 동행과 근처 해변을 돌아볼까 하는데 우리 둘도 같이 가겠느냐는 것이었다. 사실 나는 그를 만나는 대로 제안을 고맙게 받아들이겠다고 말할 생각이었는데, 후안은 이미 우리가 동의한 걸로 간주한 모양이었다. 앗, 우린 막 낮잠에서 깼는데. 그럼 10분 후에 식당에서 만나.

약 2주에 걸친 우리의 프로방스 소풍은 그렇게 시작되었다. 주말을 제외한 매일 오후 3시, 우리는 그의 작은 차를 타고 출발해 프로방스 지방을 둘러보기 시작했다. 그가 스페인에서부터 몰고 온 차는 작고 낡긴 했지만 성능은 괜찮은 듯했고 비포장도로가 절반이 넘는 시골길을 달릴 때에도 승차감이 그리 나쁘지 않았다. 처음 일주일 동안은 그와 디아나가 앞자리에, 나중에는 그와 내 동행이 앞자리에 앉았다. 알고 보니 후안은 스페인판 피터 메일이었다. 프로방스를 사랑해 그곳에 터를 잡고 몇 년에 걸쳐 글을 쓴 피터 메일처럼 후안도 프로방스에 매료되어 그곳에 집을 하나 사려고 보러 다니는 중이었다. 나는 디아나가 마음에 들었고, 디아나는 내가 쓰는 로션과 샴푸의 상표를 궁금해했다. 우리는 록시땅과 비시 중 어디가 품질이 나은지를 두고 오랫동안 얘기할 수 있었다.

그렇게 나는 프로방스를 만났다. 고르드를, 작은 사이프러스들이 그림처럼 아름다운 보니외를, 비밀의 샘 보클뤼즈를, 사드 후작의 성이 있는 라코스트를, 황토가 아니라 적토라고 할 만한 루시용의 붉은 흙을 보았다. 샘까지 걸어가 깊이를 알 수 없는 검은 물속을 한참 들여다보았던 날이 떠오른다. 수심 300미터가 넘는다는 그 샘은 가까이서 보니 푸른빛이 아니라 끝을 알 수 없는 검은빛이었다. 우리는 오크르의 길을 따라 걷다가 아예 아래로 내려가 어느 이름 모를 작은 성당에서 꽃비를 맞으며 지상 최고의 웃음을 짓는 흰 면 드레스의 신부를 보았으며, 금방이라도 소피아 로렌의 얼굴이 겹쳐질 것 같은 아득한 해바라기밭을 지났다.

뤼베롱 산의 완만한 능선에, 그 위로 펼쳐지는 푸른 하늘에, 군데군데 허물어진 사드의 성 돌벽에 오래도록 눈길을 주었다.

해가 설핏 넘어가고 출출해지면 적당한 카페나 식당에 들어가 요기를 했다. 푹신한 푸가스와 주스를 마시거나 바게트와 니스식 샐러드를 먹었다. 고르드의 작은 광장 옆 커다랗고 튼실한 플라타너스 아래에 놓인 의자에 앉으니 카페 구석에서 마리옹 코티야르가 금방이라도 튀어나올 것만 같았다. 영화 〈어느 멋진 순간〉의 한 장면처럼, 후안은 전문적인 여행 안내자처럼 곳곳에 차를 세우고는 이렇게 말했다. 자, 여기서 15분 정도 있자. 오늘 봐야 할 곳이 무척 많거든. 사진 찍기는 저기 그리고 저기가 좋아. 그렇게 우리는 사드의 성을 보았고, 그 옆의 분수에서 새들에게 모이를 준 다음 서둘러 차를 타고 다음 장소로 옮겨 갔다.

관광에 게으른 나는 유명한 기념물들보다는 지나가는 사람들이나 작은 상점, 카페 같은 것에 더 관심을 갖는 편이다. 길게 줄을 서서 무슨 성의 꼭대기로 올라가기보다 그 꼭대기가 보이는 성 앞 카페에 앉아 지나가는 사람들을 바라보며 커피를 마시는 게 좋다. 그러나 프로방스 소풍 동안 나는 후안의 방식에 맞추기로 했고, 그것은 나름대로 재미있었다. 그 프로방스 소풍이 진행되는 동안 후안은 후안대로 기념물에 비적극적인 우리에게 익숙해져서, 나중에는 어떤 이름 모를 호숫가에서 두어 시간을 보내게 해주었다.

에글리즈 생식스트를 만난 것은 그런 날 중 하나였다. 아를 북쪽 알피유 산맥 안에 있는 이 작은 성당은 원래 이교도들이

의식을 올리는 곳이었다고 한다. 근처에는 에갈리에르라는, 로마 군대가 주둔했던 곳도 있었다. 우리는 알퐁스 도데의 풍차를 살펴보고 온 참이었는데 돌이 많아 황량하다 싶은, 나직한 구릉 위에 자리 잡은 그 돌 성당을 본 순간 쿵 하고 가슴이 내려앉았다. 제임스 설터가 프랑스 전역에 흩뿌려진 진주알들이라고, 그것들을 엮으면 하나의 아름다운 진주 목걸이가 만들어진다고 묘사한 대성당들, 그러니까 나는 파리의 노트르담, 오를레앙의 생트크루아 대성당, 그 유명한 샤르트르 대성당, 마르세유의 노트르담드라가르드 대성당도 보았지만 프로방스의 어느 언덕에서 이 작은 성당을 만났을 때만큼 가슴이 내려앉지는 않았다. 그 작은 돌집을 보면서 나는 추사의 세한도 속 작은 집을 떠올렸다. 외로움과 간결함. 두 개의 삼각 지붕, 아니 그 위의 종탑까지 세 개의 삼각 지붕이 만들어내는 단순하고 소박하며 고졸한 분위기에는 기도하는 자의 외로움을 무심히 담아내는 무엇이 있었다. 동행과 나는 나중에 혹시 무슨 식 같은 것을 하고 싶은 마음이 들면 여기가 어떨까 하고 말하며 웃었다. 그 말을 알아들었을 리 없는 후안이 매해 마르디 그라^{Mardi Gras. 가톨릭 축제}, 그러니까 부활절 전 화요일에 이곳에서 미사가 있다고 말해주었다.

그리고 보클뤼즈 지방의 루르마랭이, 카뮈의 묘가 있었다. 태어날 곳을 선택할 순 없지만 묻힐 곳은 선택할 수 있는 법. 카뮈는 맑고 조용하고 작은 마을 루르마랭을 선택했다. 원래 이곳을 그에게 알려준 것은 스승 장 그르니에였다. 그의 『몇 사람 작가에 대한 성찰』이라는 평론서를 번역하면서 나는 『섬』을 읽을 때와 다른 벅찬 감동에 휩싸였었다. 특히 청출어람의 제자 카뮈의 작품 세계에 대한 글을 쓰면서 그르니에는 "어떤 작품이 그 작품에 대한 모든 주석을 쓸데없는 것으로 만들 수 있다면, 카뮈의 작품이 바로 그런 것"이라고 말했다. "그런 작품은 하나의 호소와도 같아서 우리는 그것에 대답하지 않을 수 없다"는 것이다. 바로 그 구절을 번역하면서 나는 10대의 마지막에 나를 불렀던 카뮈의 언어를 기억해냈고, 그 부름에 응답한 것을 다행으로 여겼다. 그르니에는 카뮈에게 루르마랭의 매력을 알려주었고, 시인 르네 샤르는 카뮈가 그곳에 집을 마련하도록 도와주었다. 1957년에 받은 노벨문학상 상금이 요긴하게 쓰인 순간이었다.

마을을 둘러싼 뤼베롱 산 덕택에 고요함을 유지할 수 있었던 이 작은 마을에 정착한 카뮈는 갈리마르가 운전하는 차를 타고 가다가 파리 근교에서 교통사고로 세상을 떠났다. 그가 죽은 1960년은 내가 태어난 해다. 『최초의 인간』은 미완성으로 남았고, 그가 하려고 했던 많은 일은 침묵 속에 묻혔다. 마을 입구에 있는 작은 분수 왼쪽 골목에는 'ALBERT CAMUS 1913-1960'라고 새겨져 있다. 상실감은 아마도 남은 자에게만 해당하는 것일 터.

보름 동안 거의 쉬는 날 없이 진행된 프로방스 소풍을 끝낸 금요일 오후, 나와 동행은 후안과 디아나를 저녁 식사에 초대했다. 루시용 마을의 어느 식당에서였다. 이른 시간에 자리를 잡았고 그동안 운전하는 후안을 고려해 마시지 못했던 포도주도 시켰다. 스테이크도 파스타도 포도주도 치즈도 맛있었다. 우리는 느긋하고 편안하고 유쾌하게 담소를 나누었다. 루시용에 두 번째로 와서 얻을 수 있었던 여유이기도 했다. 나는 이런 식으로라도 후안의 호의를 갚을 수 있게 된 것에 기뻐하며 그에게 우리나라에 놀러 오라고, 너처럼은 못해도 서울 여행 안내인이 되어주겠다고 말했다. 그러자 후안이 안타까워하는 표정을 지으며 대답했다. 사실말이지, 난 비행기를 못 타. 공포증이 있어. 그동안 돌아봤던 장소들에 대해 이런저런 이야기를 하면서 화기애애하던 식탁 분위기가 조금 다른 양상을 띠기 시작한 것은 식사를 마치고 커피를 마실 즈음 후안에게 한 통의 전화가 걸려오면서부터였다. 후안은 우리에게 양해를 구한 뒤 전화기를 들고 식당 밖으로 나갔다.

그가 나가자마자 두어 잔의 포도주로 볼이 붉어진 디아나가 표정을 일그러뜨리고 울먹이면서 내게 소리쳤다. 아까 내가 말한 바로 그 여자야! 며칠 동안 디아나는 자신과 후안의 관계에 대해 내게 이런저런 이야기를 들려주었다. 후안은 디아나의 남자 친구로 사귄 지 3년 정도 되었다고 했다. 후안은 사라고사에, 디아나는 마드리드에 살면서 원거리 연애 중이었다. 문제는 후안에게 전부인 말고도 전 여자 친구가 있고, 디아나와 함께 있을 때면 그 여자가 전화를 걸어오는데, 그 전화를 받을 때마다 후안은 자신이 듣지 못하도록 번번이 전화기를 들고 나가 긴 시간 통화를 한다는 것이었다. 자기와는 그렇게 길게 이야기하는 법이 없는 후안이 그 여자와는 왜 그렇게 긴 통화를 하는지 디아나로서는 이유를 알 수가 없다고 했다. 그 여자는 후안의 동료 교수였고, 후안에게 무슨 얘기를 그리 오래 했느냐고 물으면 당신은 모르는 업무 얘기라고 한다고 했다. 디아나는 자신이 이 관계에서 어떻게 해야 좋을지 모르겠다고 중얼거렸다.

그러고 보니 콜레주에서 후안이 우리에게 디아나를 소개했을 때 그 흔한 프티 타미petit amie, 애인나 콩파뇽compagnon, 동반자이라는 단어 대신 그냥 아미amie, 친구라고 했던 기억이 났다. 아무리 프랑스어를 못해도 남들에게 자기를 뭐라고 소개하는지 모를 바보는 없다. 디아나는 후안과의 미래를 생각하고 아이도 갖고 싶은데, 이미 장성한 아이들이 있는 후안은 그럴 생각이 없어 보인다고 했다. 나는 그저 고개를 끄덕이면서 그녀의 말을 들을 수밖에 없었다. 후안이 디아나를 어떻게 생각하는지 나 역시 알 수 없었으니까. 같이 방을 쓰고 있으니 같이 자는 사이고, 함께 요리를 하곤 하니 같이 밥을 먹는 사이라는 것은 알겠지만 두 사람이 얼마나 깊고 넓은 대화를 나누는지 내가 어찌 안단 말인가? 다만 아주 잘 어울리는 커플이나 오랜 시간을 함께한 커플에게서 보이는, 특유의 닮은 분위기를 두 사람에게서 느낄 수 없다는 것 정도는 눈치챌 수 있었다. 그런데 전화를 걸어온 여자 교수와 후안은 적어도 오래 대화하는 사이임이 분명했다. 디아나의 울먹임은 흐느낌으로 변했고, 후안이 통화를 마치고 돌아왔을 즈음에는 눈화장이 번져 얼굴이 얼룩덜룩해져 있었다. 후안은 달라진 식탁 분위기에 당황했고 우리는 말없이 남은 잔을 비웠다.

그리고 비가 내리기 시작했다. 이슬비로 시작하여 점차 거세지더니 거친 바람까지 불어왔다. 한 시간을 넘게 기다려도 비는 그칠 기세를 보이지 않았다. 날은 완전히 어두워졌다. 다시 한 시간, 또 한 시간. 시골의 밤은 깊어갔고 비는 점점 거세게 퍼부었다.

우리는 돌아가기로 마음을 정하고 자리에서 일어나 차에 올랐다. 비가 억수같이 퍼붓고 바람이 휘몰아쳐서 작은 차의 바퀴는 금방이라도 물에 잠길 것 같았다. 포장도로의 차선은 아예 보이지 않았고, 군데군데 나오는 비포장도로는 꺾인 나뭇가지와 파인 고랑으로 위험했다. 후안은 굳은 표정으로 핸들에 몸을 바짝 갖다 대고 차를 몰았다. 나의 동행은 조수석에서 지도를 손에 든 채 앞을 주시했고, 나는 뒷좌석에서 디아나의 손을 쥔 채 우리가 무사히 도착할 수 있기를 빌었다. 프로방스의 눈부신 태양과 함께 보낸 나날이 눈물과 침묵과 폭풍우로 마감되는 동안 나는 그 작은 자동차가 풍랑에 휘말린 조각배처럼 느껴졌는데, 그 배 안에 앉아 있는 내 모습이 눈앞에 떠오르면서 이상하게 마음이 편안해졌다. 중간에 길이 끊어진 곳을 만나 동행과 후안이 밖으로 나가 차 앞을 막아선 돌과 나뭇가지 들을 치워야 했을 때에도, 차가 꽤 깊은 도랑에 빠져 디아나와 나까지 나가 차를 밀어야 했을 때에도, 마침내 눈에 익은 국도로 접어들었을 때에도, 콜레주에 도착해 가파른 돌계단을 올라 잘 자라는 인사를 나누고 각자의 방으로 향했을 때에도 나는 왠지 물속을 떠다니는 기분이었다.

　다음 날은 장날이었다. 일주일분의 장을 봐서 돌아오는 나를 디아나가 부르더니 작은 병에 담긴 잼을 한 병 내밀고는 선물이라며 환히 웃었다. 그러면서 후안은 일어나 아침만 먹고 다시 잔다며 더 환하게 웃었다. 나도 같이 웃었다. 우리는 그날 폭풍우가 오기 전에 나눈 얘기를 다시는 꺼내지 않았다. 우리의 프로방스 소풍은 그 전화 이전까지였던 것처럼. 예보에도 없던 그 비는 실제

로 내리기나 한 것일까? 그녀의 얼굴을 눈물바다로 만들어놓았
던 그 시간은 어디로 사라진 것일까?

아를의 햇빛처럼 눈부신 웃음

아날리나

아를에서 밀라노로 가는 길은 여러 가지가 있다. 거리상 가장 가깝게는 마르세유로 가서 비행기나 기차를 타는 것이리라. 몇 년 전 콜레주에 일시적으로 방이 없어 베니스에 다녀왔을 때 나는 그런 방법을 택했다. 덜컹거리는 침대칸에서 기어 나와 기차가 밀라노 역의 거대한 철빔 안으로 들어서는 것을 뿌연 눈으로 바라보았던 기억. 이번에 다시 아를에서 밀라노로 가기 위해 교통편을 알아보던 나는 파리에서 출발하는 싼 비행기 표를 발견하고 그쪽을 택했다. 파리에 있는 친구도 오랜만에 만나볼 겸해서.

아를을 발견하고 사랑하게 된 이후 내게 파리는 전前 애인이 되고 말았다. 예전에는 루브르나 오르세, 현대미술관처럼 굵직한 미술관들뿐 아니라 로댕 박물관, 피카소 미술관, 기메 미술관 같은 중간 규모, 자드킨 미술관 같은 소규모에 이르기까지 파리 곳곳에 자리 잡고 있는 곳들을 "앵 주르 윈 뮈제Un jour une musée. 하루에 박물관 하나, 100일간 뮈제 100곳"을 외치며 참 열심히 돌아다녔다. 사실 100일간 미술관 한 곳을 보기에도 벅차다는 것을 곧 알아차렸지만. 그런데 아를과 사랑에 빠진 이후로는 샤를드골 공항에서 바로 리옹 역으로 가서 기차를 타버리는 일까지 일어났다. 그해에

63

도 역시 그랬기 때문에 파리에 사는 친한 친구에게 어쩜 여기까지 와서 나를 안 보고 가니, 하는 소리를 들어야 했던 것이다. 나는 파리에서 하룻밤을 자고 다시 여행길에 올랐다. 사실 내 목적지는 밀라노가 아니라 밀라노에서 자동차로 한 시간여 떨어져 있는, 카빌리아노라는 작은 스위스 마을이었다.

게으른 여행자인 나는 여행이 길어지면 그중 하루이틀은 방에서 늘어지게 낮잠을 자거나 목욕을 하거나 책을 읽거나 심지어 바느질을 하면서 보낸다. 어차피 세상의 좋은 곳을 다 볼 수는 없는 법. 또한 내가 가는 도시에 사는 친구나 지인을 반갑게 만나서 밥을 먹고 차를 마시는 건 좋아도 머무는 건 대개 호텔을 선택한다. 그래서 내가 자기 집에 당연히 머물 줄 알고 준비를 해놓았다는 친구들을 몇 차례 서운하게 한 일도 있지만, 나는 내심 이 원칙 덕분에 그들과 여전히 좋은 관계를 유지하고 있다고 믿는다.

그런 내가 예외적으로 묵고 오는 곳이 딱 두 군데, 파리의 친한 한국인 친구와 카빌리아노에 있는 스위스인 친구 아날리나의 집이다. 내가 일단 유럽에 왔다는 사실을 알게 되면 아날리나는 어떻게든 일정을 맞추고 나를 설득해 자기 집으로 부른다. 이번에도 이 방문은 예정에 없었는데 내가 아를에 있다는 것을 안 아날리나가 거기까지 와서 여기를 안 오는 건 너무한 거 아니냐며, 비엥 비엥Viens viens. 와 오라고 하면서 전화로 졸라댔다. 며칠 여기서 쉬다가 제네바에 비비엔을 만나러 가자. 나 지금 그녀의 책을 번역중이야. 너도 알지? 연극과 삶에 관한 수필집 말이야. 그런데 이거 번역이 장난이 아니야. 문장이 얽히고설켜 있어서 어디서부터 풀어내야 할지 모르겠어. 아름답되 혼란스러운 문장이 얼마나 번역하기 어려운지 이번에 확실히 알았어. 저자가 친한 친구라는 건 전혀 도움이 되지 않아. 그녀에게 물어봐야 할 게 산더미 같아. 그리고 그녀가 공연 중인 연극도 함께 보자. 나는 결국 승낙하고 콜레주의 사무실로 내려가 체류 기간을 단축하겠다고 알렸다.

아날리나와 비비엔은 그로부터 몇 년 전에 내가 아를에서 만난 이들이다. 아날리나는 스위스 번역자, 비비엔은 아날리나의 친한 친구로 프랑스인 연극배우였다. 그들이 처음에 내게 관심을 보인 건 원피스 때문이었다. 아를의 더운 날씨에 살아남는 방법으로 나는 가져온 민소매 원피스를 십분 활용했는데, 낮은 톤의 오렌지색과 녹색 꽃무늬가 들어간 면 원피스가 그들의 마음에 든 모양이었다. 서울에서 산 건데 마음에 들어? 그렇게 좋다면 네게 줄 수도 있는데 좀 작겠다. 그치? 눈꼬리에 주름이 방사상으로 잡히도록 환하고 아름다운 미소를 짓는 금발의 아날리나는 프랑스어를 독일어로 번역했다. 그녀는 문학 번역뿐 아니라 음악 관련 출판물도 번역했다.

밀라노에서 버스를 타고 한 시간여를 달리면 루가노에 이른다. 거기서 다시 차로 30분을 가면 닿는 카빌리아노는 아주 작은 스위스 마을이다. 아날리나의 집은 그곳의 흔한 삼층 돌집으로, 돌계단과 마룻바닥으로 되어 있다. 2층의 손님용 숙소에는 욕실이 별도로 딸려 있어서 집주인들을 방해한다는 느낌 없이 머물 수 있다. 아날리나의 남자 친구 니콜로와도 친해져서 가능한 일인 것 같다. 다만 카빌리아노라는 마을은 좀 외진 곳이어서 로카르

노나 밀라노에 가기 위해서는 루가노까지 자동차를 타고 가야 한다는 단점이 있다. 다시 말해서 나 혼자 독립적으로 움직이는 데 제약을 받는다는 것이다.

하지만 깜짝 놀랄 정도로 맑은 공기를 담뿍 마시며 아침 운동을 하고, 계곡물을 끌어들인 듯 차고 맑으며 세찬 압력의 물로 샤워도 하고, 옆 동네 이탈리아 장에서 사 온 원두로 진하게 커피를 내려 마시며 오전 내내 일을 하고, 앞마당의 돌 식탁에 리넨을 깔아 점심을 먹고, 포도나무가 자라는 뒷마당에 걸린 해먹에서 책을 읽다가 낮잠을 자고, 그 지역 특산물이라는 당 절임한 과일을 넣어 만든 쫀득한 과자를 간식으로 먹고, 뒷산을 오르거나 동네를 한 바퀴 돌고, 간소하게 저녁을 준비해 한자리에 둘러앉아 포도주 잔을 기울이며 이야기꽃을 피우거나 음악을 듣거나 물끄러미 벽난로 불을 들여다보다가 잠자리에 드는 생활은 그 밖의 모든 불편함을 잊게 만들었다.

사람들이 샬레chalet, 오두막로 휴가를 떠나와 눈 속에 갇히는 데는 이유가 있다. 어느 날 아침 이웃집 할머니가 새로 딴 사과를 놓고 갔는데, 그 할머니의 뺨이 하이디처럼 붉었다. 저 할머니 나이가 얼마로 보여? 아날리나가 내게 물었다. 글쎄, 80대 초중반? 95세야! 눈이 닿는 곳마다 우뚝한 산들이 막아서는 깨끗한 공기의 스위스. 아침에 일어나 뒤쪽 창을 여니 엄청나게 맑은 산 공기에 새소리가 실려 올 뿐 고요 그 자체였다. 스위스 산골 마을 카빌리아노는 깨끗한 민낯의 볼 붉은 소녀처럼 청신했다.

은제 포크와 임스 체어, 먼지가 켜켜이 앉은 포도주병이 쌓여 있는 지하실, 자그마한 포도나무들이 줄지어 자라는 뒷마당. 이렇게 말하면 그곳이 무척 호화로운 곳으로 여겨질지도 모르지만 그 돌집은 무슨 수도원을 연상시키듯 소박하고 단순했다. 미용사 니콜로와 번역자 아날리나는 그곳에 이베이에서 산 골동품 의자를 놓고, 마음에 드는 작가의 판화를 할부로 들이고, 주차비를 아끼기 위해 니콜로의 출퇴근용으로는 오토바이를 이용하며, 털털거리는 낡은 차를 몰아 국경을 건너 깡통에 든 투스카나 올리브유를 사왔다. 매번 닦을 필요가 없는 스털링 실버로 된 스푼과 포크. 나이프는 쓰고 나면 물기가 말끔하게 닦인 채 서랍 제자리에 보관되었고, 남은 음식은 유리 팩에 담겨 작은 냉장고에 자리를 잡았으며, 고기를 굽고 난 화덕의 재는 매번 말끔하게 치워졌다. 독일계 스위스인 아날리나에게는 질서를 향한 본능 같은 것이 있었다. 책장도, 옷장도, 현관 앞 선글라스와 우산 등을 넣는 서랍장 속도 말끔하게 정리되어 있었다. 불필요한 것은 사지 않았으며 하나를 사들이면 반드시 하나를 버렸다.

티베트에서는 동네 뒷산이 해발 700미터가 넘는다고 했던가. 그곳 스위스에서도 동네 뒷산이 상당히 높아서 우리는 올라갈 때 주로 케이블카를 이용했다. 네 사람이 겨우 끼어 앉을 만한 케이블카는 동전을 넣으면 무인으로 작동하는 방식이었는데, 작은 초소에 전화가 있어서 문제가 생기면 언제든 연락할 수 있다고 했다. 케이블카에서 내리면 완만한 산등성이를 걷다가 덜 가파른 길로 하산해 돌아오는 식이었다. 우리는 경쾌하고 기분 좋게 가쁜 숨을 내쉬며 산길을 걸었다. 이따금 놓여 있는 나무 벤치에서 쉬기도 했다. 관광지에는 대부분 산꼭대기에 식당이나 카페가 있었다. 아주 높은 곳까지 올라와 한참을 걸어 발견한 산꼭대기의 카페에서 뜨거운 차를 마시는 건 한여름에도 좋았다. 그런 산정의 카페에는 언제나 식량이 비축되어 있었다. 겨울에 눈이 오면 한 달 정도 바깥출입을 못할 경우를 대비해서였다. 그런 곳을 아날리나는 '메종 뒤 레브maison du rêve. 꿈의 집'라고 불렀다.

현관문 밖에는 하트 모양으로 된 돌들이 놓여 있고 부엌에서는 깃털을 단 시계가 똑딱거렸으며 뒷마당에는 해먹이 걸려 있었는데, 그 모든 것이 소박하고 정갈하고 안정적이었다. 그리고 지하실로 내려가면 먼지를 보얗게 뒤집어쓴 포도주들과 니콜로가 숙성시킨 발사믹 식초들이 모습을 드러냈다. 아날리나는 특히 한국음식을 좋아해서 내가 게으름을 떨치고 저녁에 잡채나 불고기를 하는 날이면 그렇잖아도 환한 입가에 웃음을 담뿍 머금고는, 신이 난 품새로 마늘부터 까서 반은 다져놓고 반은 썰어놓았다. 내가 손에 남는 마늘 냄새를 싫어한다는 걸 기억해두고 있었던 것이다. 고마운 내 친구!

아, 그리고 이름처럼 조용히 빛나는 고양이 에투알étoile. 별도 있었다. 에투알은 반半 야생이어서 낯선 객 앞에서 장난을 치거나 애교를 부리는 일이 없었다. 니콜로와는 별로 친하지 않았고 오직 아날리나에게만 자신을 안고 빗질하도록 허용했다. 아날리나는 에투알이 자유롭게 나가 돌아다니도록 부엌의 뒷문 아래에 구멍을 내놓았다. 에투알은 며칠씩 나가서 돌아오지 않다가 마음이 내키면 텔레비전을 보는 우리 옆으로 다가오기도 하고 일하는 아날리나의 무릎을 파고들기도 했다. 나는 그런 에투알이, 그런 아투알과 함께 사는 아날리나의 방식이 마음에 들었다.

아날리나의 손님방에는 늘 친구들이 찾아왔다. 맑은 산 공기를 마시기 위해 제네바의 아파트를 떠나 매년 두 달을 그곳에서 보낸다는 비비엔 외에도, 근처 로카르노에서 영화제가 열릴 때면 아날리나가 초대한 친구나 저자들이 일정을 조정해가며 줄을 이었다. 요컨대 그녀는 손님을 초대하는 것을 좋아했고, 지나치지 않은 대접과 푸근한 배려로 자기 집에 묵는 이들의 마음을 편안하게 만들어주었다. 나에게도 좀 길게 머물면서 번역도 하고 글도 쓰는 것이 어떠냐고, 동행과 함께 와서 묵으면 니콜로에게도 친구가 생겨서 좋지 않겠냐고 두어 차례 정색을 하고 말하기도 했다. 아를에서 처음 만난 그녀와 내 동행은 나이가 같았고, 나중에 알고 보니 생일도 같았다. 두 사람은 물병자리였는데 동행은 말이 별로 없는 편이었고 아날리나는 밝고 빠른 어조로 수다를 즐기는 편이었다. 그럼에도 두 사람은 서로에게 호감을 갖고 있는 듯했다. 아날리나는 동행과 한자리에 있을 때면 화제가 동행과 전혀 상관없는 경우에도 다른 번역자들이 자리를 뜨는 즉시 프랑스어에서 영어로 말을 바꾸어 동행을 배려했다.

손님 수가 많아지면 아날리나는 니콜로와 같은 방을 쓰고 자기 방을 제2의 손님방으로 바꾸었다. 그럴 때마다 니콜로의 얼굴에 생기가 돈다고 말하며 아날리나는 웃었다. 나이가 들면서 그들은 숙면을 위해 각방을 쓰고 있었다. 아날리나가 그런 말을 할 때 니콜로는 얼굴을 살짝 붉혔지만, 나는 알고 있었다. 아날리나가 그렇게 말한 것은 자기 방을 쓸 손님들의 부담을 덜어주기 위해서라는 것을. 나는 이번에도 2층의 손님방을 혼자 썼고, 비비엔과 그녀의 친구는 함께 3층 아날리나의 침실을 썼다. 그 방 한쪽에 자리 잡은 커다란 나무 장에는 소를 몰며 언덕을 오르는 농부들의 모습이 담긴 목판이 붙어 있었다. 그것은 원래 알프스의 스위스인들이 자신들의 생활을 그림으로 표현해 건물 장식으로 사용했던 것이라고 했다. 소와 사람과 집과 언덕이 소박하게 표현된 이런 목판 그림은 '포야po-ya' 페인팅이라고 불리는 전통 기법으로 제작되었다. 포야란 스위스 서부 프리부르 지방의 방언으로 알프스로 오르는 언덕을 뜻한다. 독일계 스위스인인 아날리나는 어릴 때 할아버지가 이런 포야를 만드는 것을 실제로 보았다고 했다. 나뭇결이 아름답고 오래된 그 장 안에는 아날리나의 오랜 취미인 '데쿠파주découpage, 오리기' 재료들이 잘 정리되어 있었다. 데쿠파주란 종이나 천을 섬세하게 오려 작품을 만드는 것으로, 그 섬세함의 정도가 펜화를 방불케 한다. 작은 가위나 펜처럼 생긴 특수 칼 끝으로 알프스 시골 생활을 표현하는데 지붕널 하나하나와 나뭇잎 한 장 한 장이 섬세하게 빛을 통과시키며 아름다운 무늬를 만들어낸다. 그 풍경을 둘러싼 프레임에도 역시 정교한 꽃문양과 나뭇잎 문양이 연속으로 이어져 있었다. 실오라기보다 더 가늘게 오려진 종이가 끊어질까 봐 내가 걱정하자 아날리나는 특수 종이를 사용해 쉽게 망가지지 않고 물에도 녹지 않는다고 알려주었다. 페이딩오 실루엣 박물관에는 소박한 스위스 전통 생활미술 작품이 전시되어 있는데 그중에는 데쿠파주 작품도 수십 점 있다

고 했다. 거기가 어디야? 여기서 멀어? 다음에는 꼭 가봐야지! 아날리나가 작업 중인 그 특별한 종이 예술 앞에서 나는 할 말을 잃었다. 알프스 농민의 후예는 듣던 대로 강건하고도 섬세했다. 그밖에도 나는 엥가딘 지방의 특산물이라는, 호두를 비스킷 반죽 안에 넣어 만든 엥가디너와 보^{Vaud} 지방의 특산물인 절인 과일로 만든 과자를 간식으로 먹는 즐거움에 빠지기도 했다.

그날 우리 넷은 코모 호수로 소풍을 가기 위해 아침을 먹고 자동차로 길을 나섰다. 연극 공연 일정 때문에 비비엔과 그녀의 친구가 다음 날 먼저 떠나야 했던 것이다. 우리는 호수에 가기 전에 니콜로의 미장원에 들르기로 했다. 그곳의 단골손님인 비비엔의 말에 따르면 그 집에 묵는 여자 손님들은 반드시 니콜로의 미장원에서 커트를 해야지, 그렇지 않으면 그곳으로 다시 돌아올 수 없게 되는 징크스가 있다고 했다. 페이딩오 박물관에 가기 위해서라도 나는 꼭 그곳에 다시 와야 했다.

니콜로 외에 네 명이 일하는 그 미용실은 크지 않았지만 손때로 반질반질해진, 무슨 골동품 같은 갈색 가죽 의자들 때문에 중후함이 느껴졌다. 그 자리에서만 30년이었으니, 그 의자들의 나이도 서른 살은 되었을 거라고 했다. 사실 니콜로의 미장원은 일대에서 꽤 알려진 곳인 듯했다. 유명 란제리 회사 회장도 꼭 니콜로에게만 머리를 맡긴다고 했고, 그 동네에 사는 세계적인 연극배우의 트레이드 마크인 단발머리도 니콜로의 작품이라고 했다. 언젠가 비비엔은 근처에서 니콜로의 미장원 위치를 묻는 사람에게 길을 가르쳐주었는데, 알고 보니 그 사람은 이탈리아에서 그곳까지 일부러 찾아온 사람이었다고 했다. 물론 그곳에서 이탈리아 국경까지는 차로 30분도 안 걸리지만. 아날리나를 제외한 우리 셋은 차례대로 니콜로에게 머리를 맡겼다. 직원이 이동식 세면대를 가져와 머리를 감기고 말려주었다. 우리가 계산대로 가서 지갑을 꺼내자 니콜로가 뒤쪽에서 소리쳤다. 엉트르 아미Entre amies. 친구 사이에 무슨.

니콜로는 이탈리아인이었지만 아날리나와의 30년 생활 때문인지 왠지 독일인 같은 분위기를 풍겼다. 시간 관리에 철저했고, 그를 둘러싼 모든 것이 정돈되어 있는 듯했다. 아날리나의 집에서 식사 준비가 주로 여자들 몫이었다면, 벽난로의 잉걸불로 고기를 굽는 것과 포도주를 골라서 따놓는 것 그리고 설거지는 니콜로의 몫이었다. 설거지가 아주 많았던 어느 날, 나는 니콜로가 개수대에 애벌로 담가둔 설거지감을 보고 감명을 받았다. 접시들이 물로 헹구어져 크기순으로 차곡차곡 쌓여 있었던 것이다. 수세미로 한 차례 닦아낸 것에 지나지 않았지만 이미 설거지가 끝난 것 같은 느낌을 주는 그 모습을 보고 나는 휴대폰을 꺼내 사진을 찍었다. 이거 정말 예술인걸. 내 말에 니콜로가 대답했다. 아니, 그건 로지크logique. 논리야. 그는 염색하지 않은 반백의 머리에 은빛 헬멧을 쓰고 오토바이를 타고 규칙적으로 미장원을 오갔다. 휴일이면 요트를 몰고 바다로 나갔으며, 무엇보다 책을 읽었다.

아날리나의 부탁으로 니콜로의 방에 들어간 나는 침대 머리맡에 놓여 있던 책 한 권을 보았다. 흰색과 마젠타빛이 선명하게 대조를 이루는 『코망 리르 라캉Comment Lire Lacan』우리말판은 『How to

Read 라캉』을 발견했다. 지젝도 읽어? 난 어렵던데. 이 책은 어렵지 않아. 지금 부치지 않은 편지에 대해 말하는 부분을 읽고 있는데 내게 필요한 책이라는 생각이 들었어. 나도 당연히 부쳐야 할 편지를 그런 식으로 부치지 않은 적이 있거든. 그 편지의 "미래를 붙잡아두기" 위해서 말이야. 그러니까 나는 그 편지를 상대가 아니라 나 자신에게 쓴 거지. 또 지젝은 지금의 신자유주의 경향도 상당히 예리하게 짚어내. 우리에게 정말 직업 선택의 자유가 있는 걸까? 아니, 그런 자유는 고사하고 내가 미장원과 더불어 행복했던 것만큼 다음 세대도 그럴 수 있을까? 니콜로의 심각한 걱정과 달리 나는 괜히 마음이 벅찼다. 우리는 괜찮을 것이다. 이런 이들이 있으니까. 아, 지상에는 아직 책 읽는 미용사 니콜로와 '데쿠파주'를 하는 번역자 아날리나가 산다.

아침을 먹고 나면 우리는 커다란 머그잔 가득 커피를 담아 방으로 갔다. 나는 손님방에 있는 작은 탁자에 노트북을 올려놓고 일을 하기도 하고, 마음이 내킬 때면 노트북을 들고 아날리나의 널찍한 작업실에 있는 여분의 책상을 이용하기도 했다. 창문밖으로 우뚝한 산이 보이고, 조금 열어둔 방문 틈으로 에투알이 소리 없이 드나드는 가운데 우리는 각자의 자판을 두드렸다. 단조로운 그 소리에는 마음을 가라앉히는 무엇이 있었다. 오후에는 재봉틀을 꺼내놓고 바느질을 하거나 떨어진 단추를 달거나 해먹에서 낮잠을 잤다. 특별할 것 없는, 그렇지만 소중한 나날이었다.

맑은 산 공기와 새소리에 익숙해질 무렵, 나는 짐을 챙겨야 했다. 우리는 니콜로의 차에 올라 비비엔이 기다리는 제네바로 향했다.

　우리가 도착했을 때 침실 하나에 거실과 주방이 있는 비비엔의 넓지 않은 아파트는 비어 있었다. 아날리나를 따라 들어간 비비엔의 아파트는 조금 전 떠나온 카빌리아노의 주택과는 전혀 달랐다. 그곳은 혼돈의 도가니였다. 책과 그림과 옷과 장신구 들이 구석구석 들어차 있었다. 책꽂이들로 둘러싸인 거실 한편의 선반에 놓인 박스에는 언제든 떨어질 수 있음, 주의할 것, 이라고 쓰인 포스트잇이 붙어 있었다. 이게 말이 된다고 생각해? 떨어질 위험이 있으면 올려놓지 말고 조처를 해야지. 버리지 못하는 건 비비엔의 병이야. 문장에서도 마찬가지야. 내가 그녀의 책을 번역하느라 얼마나 머리가 아픈지 알겠지. 진짜 문제는 그런데 그 결과물이 지독하게 매력적이라는 거야! 사실이었다. 제네바의 그 아파트는 확실히 독특했다. 그곳은 한 사람의 감성을 그대로 보여주는 공간이었다. 욕실 한구석에 놓인 꽤 커다란 라탄 바구니 속에는 온갖 화장품과 향수병, 은제 장신구, 헝겊 인형, 용도를 알 수 없는 작은 물건들이 사이좋게 담겨 있었다. 아찔하도록 혼란스럽게.

　비비엔은 소극장에서 안톤 체호프의 〈갈매기〉를 공연 중이었고 다음 날 저녁 우리 모두를 공연에 초대했다. 르포슈 극단의 공연으로 연출은 단장인 프랑수아즈 쿠르부아지에였는데, 내게는 극단도 연출도 모두 생소했다. 오전에 제네바 시내를 둘러보고 바르비에뮈엘레 미술관에서 아프리카·오세아니아·북아메리카 인디언의 원시적인 현대성이 담긴 작품들을 보았다. 이 미술관은 1970년대에 조제프 뮈엘레의 소장품으로 세워진 미술관으로 면적이나 규모는 그리 크지 않았지만 그곳에 소장된 아프리카·오세아니아 조각상들은 생생하고 압도적인 작품성을 뿜어내고 있었다. 그 조용한 미술관에서 보낸 두 시간은 정갈하게 쓸어놓은 고요한 절의 뒷마당에 들어간 것 같은 편안함을 제네바 한가운데서 내게 안겨주었다.

인도 식당에서 점심을 먹고 다시 아파트로 돌아온 우리는 낮잠을 잤다. 비비엔은 낮 공연 때문에 집에 없었다. 연극이 열리는 피토에프 극장에 도착한 것은 저녁 7시가 넘어서였다. 공연은 11시가 다 되어서야 끝났다. 트레고린에게 버림받은 니나를 보고 권총으로 자살하는 트레플레프. 니나 역의 배우 줄리아 바티노바는 러시아계로 그 역에 적당해 보였다. 후에 그녀는 체호프의 다른 작품과 도스토옙스키의 작품도 공연했다.

조금 놀라웠던 것은 배우들이 거의 분장 혹은 화장을 하지 않는다는 것이었다. 이리나 역을 제외하고는 여배우들조차 거의 맨얼굴이었다. 이리나의 연인이었다가 니나와 사랑에 빠진 뒤 결국 그녀를 버리고 마는 보리스 역은 제라르 데자르트가 맡았다. 극에서 비비엔은 아주 단역이었는데, 특유의 붉은 머리가 무대를 환히 밝혀주는 듯했다. 나는 옆자리에 앉은 아날리나의 귀에 대고 속삭였다. 아니, 하녀가 저렇게 존재감이 뚜렷해도 되는 거야?

우리나라에서도 여러 번 공연된 이 작품을 나는 그때 처음 보았다. 내용을 알고 있어서 스토리를 따라가긴 했지만 세세한 대화는 많이 놓쳤다. 그래도 좌석이 좋아 배우들의 생생한 표정을 고스란히 볼 수 있어서 좋았다. 극장 로비에서 여러 사람과 인사를 해가며 포도주를 한 잔 마시고 우리는 차가 있는 곳을 향해 제네바의 밤거리를 천천히 걸었다. 비비엔이 목에 두른 붉은색 실크 머플러가 그보다 연한 그녀의 머리카락과 멋지게 어울렸다.

새벽 비행기를 타야 했으므로 나는 짐을 싸놓고 미리 작별 인사를 했다. 잠깐 눈을 붙이고 일어나니 욕실에 새 목욕 수건이 놓여 있었다. 그 작은 아파트에서 비비엔은 내게 침실을 내어주고 거실의 소파베드에서 자고 있었다. 내가 조용히 준비를 마치고 방에서 나왔을 때 비비엔은 주방에서 차 한 잔과 자신의 첫 에세이집을 들고 나왔다. 이거 마셔. 그리고 이 책 받아. 이걸 이제야 네게 주네. 이걸 독일어로 번역하느라 아날리나가 고생하고 있어. 그리고 난 그녀가 얼마나 고생하든 독일어판은 내 책이 아니라고 생각하고 있어. 내 문장을 완전히 찢어발겨놨더라고. 표지를 넘기자 비비엔의 마젠타빛 서명이 눈에 들어왔다. 캘리그래피를 하는 그녀가 즐겨 쓰는 잉크 색이었다. 뿌연 안개에 잠긴 새벽의 제네바 거리를 가로질러 공항으로 향하는 택시 안에서 나는 그 책을 뒤적였다. 언젠가 이걸 한국어로 번역할 날이 올까? 나 역시 아름답되 혼란스러운 그 문장들을 옮기며 투덜거릴까? 그리고 비비엔은 역시 이렇게 말할까? 네가 얼마나 고생했든 한국어판은 절반도 내 책이 아니야.

여왕의 속옷과 노년의 스토킹

아나와 안톤

너 컴퓨터 잘 아니? 나 좀 도와줘! 아나가 식당으로 들어서며 다급하게 소리쳤다. 언제나 조신하고 우아한 그녀가 저렇게 허둥대다니. 아니, 무슨 일인데? 화면이 갑자기 까매지면서 문서가 날아갔는데 어떻게 해도 돌아오질 않아. 몇 시간 동안 해놓은 작업이, 아니 그 파일 전체가 날아갔으면 몇 달 동안의 작업이 날아간 건데. 정말 큰일인데 어쩌지. 백업을 해놓지 않은 거야? 나도 컴퓨터에 대해 잘 모르는데 어쩌지. 도서실에 아무도 없어? 하필 식당도 비어 있었다. 나는 서둘러 방으로 달려가 동행을 데려와서 그녀를 도와줄 것을 부탁하고 나도 곧 따라 내려가겠다고 말했다. 그때 나는 저녁 식사를 준비 중이었는데, 불 위에 올려놓은 것을 바로 내릴 수가 없었다. 잠시 후 동행이 올라왔고 별거 아니었다고, 잘 해결되었다고 말했다.

다음 날부터 아나는 내 동행을 '몽 에로mon héros, 나의 영웅'라고 불렀다. 그리고 우리에게 저녁을 사고 싶다고 했다. 내가 저녁 식사 대신 그 원고가 어떤 건지 이야기해달라고 한 것은 정말 궁금해서가 아니었다. 그때까지만 해도 나는 아나와 그저 잠깐씩 마주치며 인사하는 관계로 충분하다고 판단하고 있었다. 그녀가 저녁을 사면 나는 또 답례로 뭔가를 사야 할 텐데 그런 식으로 관계를 이어나가고 싶지 않았다. 아나의 이번 콜레주 체류 목적은 카미유 클로델에 관한 글을 쓰는 것이었다. 그런데 내가 그녀의 작업에 대해 물은 것이 실수였을지도 모른다는 생각이 든 것은 며칠 후였다. 나를 볼 때마다 그녀는 자신의 원고 진도가 어디까지 나갔는지 상세하게 이야기하고 싶어 했던 것이다.

　카미유가 처음부터 로댕의 작업실에 들어간 건 아니야. 알프레드 부셰Alfred Boucher, 1850~1934에게서 기초 수업을 받았지. 부셰가 공모전에 당선되어 로마로 떠나면서 친구 로댕에게 자신의 제자를 부탁했어. 카미유는 시인 폴 클로델의 누나이기도 한데, 이 독립적이고 재능 있는 여자는 로댕의 숨은 여자로 살아야 하는 위치에 결코 만족할 수 없었다. 그런 욕구불만은 그녀의 광기를 더욱 부추겼음에 분명하다. 로댕이 죽은 지 10여 년 후까지도 그가 자신을 독살할지 모른다는 환상에 시달렸으니 말이다. 아나는 내게 카미유의 편지를 읽어주었다. 자신은 미치지 않았다고, 집으로 보내달라고, 포도주와 치즈를 보내달라는 그녀의 편지를 받고도, 심지어는 퇴원해도 좋다는 원장의 말을 듣고도 그녀의 가족들은 그녀를 병원에서 꺼내주지 않았다. 평생 딸과 불화했던 그녀의 어머니는 그럴 수 있었다 해도 동생 폴은 어떻게 그럴 수 있었을까? 79세의 나이로 정신병원에서 쓸쓸하게 죽은 카미유의 장례식에는 폴조차 나타나지 않았다. 그녀는 무연고자로 공동 매장되어 이제는 무덤조차 없다. 사실 무덤이 뭐 중요한가. 그녀가 누구인지 증명해주는 작품이 남아 있는데.

로댕의 작업실에서 조수로 일하면서 탁월한 작품을 남긴 그녀는 10여 년에 걸친 로댕과의 연애를 비극적으로 끝낸 후 점차 광기의 징후를 보이다가 결국 40대 후반에 정신병원에 수용되어 30년의 세월을 보낸 뒤 삶을 마감한다. 23세에 만든 〈내맡김-사쿤탈라〉는 기법상으로 로댕과 비슷한 것 같으면서도 독특한 섬세함을 담아낸 수작이다. 1898년 작품인 〈벽난롯가에서의 꿈〉은 벽난로 선반을 두 손으로 움켜쥐고 있는, 금방이라도 눈물을 떨어뜨릴 것 같은 여자의 뒷모습을 담아내고 있다.

카미유 클로델은 30년을 정신병원에서 보냈어. 그동안 그녀는 조각을 하지 않았지. 당시의 정신병원은 상상할 수 없을 정도로 열악했는데, 그곳에서 그녀가 어떻게 오래 살 수 있었는 줄 알아? 바로 걸었기 때문이래. 수용소에서 카미유 클로델은 잠자는 시간 외에 줄곧 걸었다고 해. 걷기가 그녀를 살아남을 수 있게 해준 거지. 그녀가 그 안에서 조각도 할 수 있었다면 정말 좋았을 텐데. 아나가 말을 맺었다.

다행히 그런 이야기는 그녀와의 문학 대화와 달리 내 관심을 불러일으켰다. 나는 커피를 홀짝이며 그녀가 들려주는 카미유 클로델 이야기를 들었다. 내가 언제 카미유 클로델에 대해 써야겠다고 생각한 줄 알아? 어린 시절 소아마비를 앓던 그녀가 뒷동산의 바위를 조각해서 거인의 얼굴을 만들었다는 걸 알고 나서였어. 아, 이건 진짜인걸, 하는 생각이 들었지. 그래서 나도 어딘가에 묻혀 있는 카미유 클로델의 진짜 모습을 캐내봐야겠다고 생각했어. 그렇다, 아나는 주제를 잘 잡은 것 같다.

아나에게서 듣는 카미유 클로델의 에피소드는 흥미로웠지만, 여름 공원 옆 큰길가의 카페에 둘러앉아 석양빛 속에 잠겨 지나가는 사람들을 바라보며 그녀와 차를 마시기도 했지만, 나는 그녀와 친구가 될 거라고는 기대하지 않았다. 좋은 사람이긴 하지만 친구가 될 정도로 가까워질 것 같지는 않았다. 그런 건 쉽게 바뀌는 것이 아니니까. 아나는 내게 암스테르담에 와본 적이 있느냐고, 혹시 또 오게 되면 자기 집에 방은 많고 식구는 적으니 꼭 연락하라고 했다. 옆에 있던 같은 네덜란드인 역자는 그녀가 샤토château. 성에서 가족 없이 살고 있다고 말해주었다. 그래서인지 종업원을 불러 우리 모두가 마신 음료값을 계산하는 아나의 품새에는 여왕을 연상시키는 무엇인가 있었다. 그녀의 연한 금발과 섬세한 얼굴선, 우아한 목소리, 레이스가 곁들여진 흰 블라우스를 입은 품새에는 뭔가 특별한 것이 있었다. 특히 소파 한끝에 걸터앉을 때조차도 언제나 허리를 꼿꼿이 펴고 턱을 넘치지도 모자라지도 않게 들어 올린 그녀의 자세는 몇 차례 내 눈길을 오랫동안 잡았다.

사실 몸의 자세는 어떤 식으로든 마음의 자세를 반영한다. 그래서 우리는 중요한 일 앞에서는 자세를 바로 한다. 물론 천재에 가까운 친구 아들 녀석이 정말 방만한 자세로 머리를 쥐어뜯으면서도 파스칼에 대해 쓸 만한 이야기를 하는 걸 들은 적은 있다. 그 애는 그렇게 참 아무렇지도 않은 자세로 많은 걸 해냈다. 소파에서 빈들거리며 지리책을 읽는데, 물어보면 책 내용을 다 꿰고 있었다. 첼로를 연주할 때에도 몰두하거나 엄숙하거나 그런 기색 없이 그냥 자연스럽게 악보를 들여다보며 편안하게 활을 움직였다. 어쩌면 그 애는 이완된 몸 속에 꼿꼿한 정신적 자세를 세우는 방법을 자기도 모르게 터득했는지도 모르겠다. 천재들이 그런 것처럼. 하지만 평범한 번역자인 나는 좋은 자세가 좋은 글을 만든다고 믿는다. 그렇게 좋은 자세를 갖고 있으니 아나가 쓰는 카미유 클로델의 책도 아마 훌륭할 것이다. 다만 지나치게 똑바르지 않을지 우려될 뿐.

어느 날 아침 나는 그녀가 혼자서 홍차 한 잔을 앞에 두고 식당에 앉아 있는 걸 보았다. 아이보리색 얇은 반팔 블라우스에 무릎을 덮는 치마 차림으로 그녀는 찻잔을 들어 올리며 다른 손으로 흘러내린 금발을 쓸어 올리고 있었다. 그 블라우스에는 보빈 레이스로 짠 섬세한 깃이 달려 있었고, 그것은 아나의 날씬하고 긴 목덜미에 더할 수 없이 어울렸다. 꼬리에 가늘고 고운 주름이 잡히는 연푸른색 눈, 살짝 시든 장미 꽃잎을 연상시키는 보들하고 하얀 피부, 얇고 단정하고 연한 분홍빛 입술 그리고 호리호리한 몸매의 그녀는 예순을 넘긴 여자가 지닐 수 있는 최고의 우아함을 보여주고 있었다. 청바지에 티셔츠 차림으로 진한 에스프레소가 담긴 두툼한 머그잔을 손에 쥔 채 나는 나도 모르게 그녀에게 찬탄의 눈길을 보냈다. 어떤 섬세한 아름다움의 한 전형이 내 앞에 있었던 것이다. 공주와 여왕 사이의 어떤 기품이 그녀에게 있었다.

하지만 안타깝게도 그녀가 입을 열면 그런 아우라는 자취를 감추었다. 약간 톤이 높은 목소리는 그녀의 몸과 어울렸으나 억양이나 내용에 담긴 얄팍한 경박성을 눈치채지 못하기란 어려웠다. 특히 그녀의 문학관은 왠지 베레모를 눌러쓴 우리나라의 어느 시인을 떠올리게 하는 것이어서 언젠가 폴 발레리Paul Valery, 1871~1945에 대한 좀 집요한 토론 이후로 나는 그녀와 그런 화제를 피하기로 마음먹었다. 그녀의 문학관은 내가 보기에 지나치게 곧고 정직해서 이야기를 듣다 보면 금방 지루해져 머릿속으로 딴생각을 하고 있는 나를 발견하게 될 정도였다.

한편 아나의 아름다움에 주목한 사람은 나뿐만이 아니었던 모양이다. 서울로 돌아오고 몇 달 후 안톤의 편지가 도착했다. 안톤은 우크라이나 번역자로 체류 당시 내 동행과 특히 친했다. 다른 역자들과 별로 교류가 많지 않았던 그에게 왠지 내 동행은 자주 말을 걸었고, 두 사람은 나의 중재 없이도 같이 산책을 다닐 정도로 가까워졌다. 안톤은 아침 운동을 자전거로 했는데 주행 거리가 상당했다. 오늘은 생트마리드라메르 해변까지 25킬로미터 이상을 탔다, 오늘은 20킬로미터밖에 타지 못했다, 오전에 마주치면 그런 이야기를 들어야 했다. 당시 70대였던 안톤은 언젠가 내게 자신은 젊은 시절 급진 과격 공산당원이었다고, 이념밖에 모르던 괴물이었다고 말했다. 정말 몽스트르monstre, 괴물 중의 몽스트르였다고 하면서 그는 한숨을 쉬었다. 그러느라 아픈 아내도 등한시했노라고, 아내는 아주 오래전부터 병원에 있노라고 말했다. 그는 김이라는 내 성이 익숙하다면서 나를 언제나 이름 대신 성으로 불렀다. 내 동행은 이름으로 불렀으면서. 그러더니 어느 날 아주 진지하고 낮은 목소리로 내가 혹시 북한의 김일성과 친척인지 물었다. 나는 아니라고, 나는 북한의 김일성과 아무 관계도 없고 김이라는 성은 한국인의 성 중에서 가장 흔하다고 알려주었다. 그런 후에도 그는 나를 계속해서 성으로 불렀다. 그가 서울의 내 주소로 보낸 편지의 수신인도 김으로 적혀 있었다.

만년필로 또박또박 써내려간 그의 필체는 찬탄을 불러일으켰다. 특히 자신의 전화번호 앞에 그려넣은 전화 그림은 압권이었다. 나는 그 편지를 버리지 못하고 아직도 갖고 있다. 편지의 내용은 일반적인 안부와 아를에서의 추억, 혹시 아나의 주소를 알면 알려달라는 것이었다. 나는 아나의 이메일 주소는 알고 있었지만 주소는 몰랐다. 그래서 아날리나에게 이메일을 써서 안톤의 편지에 대해 말하고 아나의 주소를 알려달라고 했는데, 아날리나는 바로 답장을 보내왔다.

절대로 안톤에게 아나의 주소를 알려주면 안 돼. 네가 한국으로 가고 나서 무슨 귀신에 사로잡혔는지 안톤이 아나에게 열을 올리기 시작했어. 그녀를 사랑한다고, 자신의 사랑을 받아달라고 하면서 가는 곳마다 그녀를 쫓아다녔어. 거의 스토킹 수준이었어. 물론 아나는 싱글이고, 안톤도 아내가 30년째 병원에서 외부와 소통이 안 되는 채 지내고 있으니 두 사람이 함께해서 안될 이유는 없겠지만 중요한 건 아나가 그럴 마음이 조금도 없다는 거지. 결국 아나는 작업을 마치지 못하고 자기 나라로 돌아갔는데, 그 후에도 안톤은 당시 체류했던 모든 번역자에게 연락해 그녀의 주소를 수소문하고 있어. 그래서 아나가 사무실에다 자기 주소를 알려주지 말라고 말해둔 모양이야.

이런, 가슴 아픈 일이었다. 나는 안톤에게 안타깝게도 아나의 주소를 모른다고 답장을 보낸 다음 그의 죄 없는 열정에 대해 며칠간 생각했다. 확실히 아나에게는 누군가의 가슴에 불을 지필 만한 매력이 있었다. 어느 날 아침 콜레주의 테라스에 나갔다가 본 광경이 눈앞에 선연히 떠올랐다. 이른 아침 햇살 아래 여자의 옷가지가 빨랫줄에 가득 걸려 있었다. 아이보리색 블라우스와 연회색 스커트, 레이스로 된 속옷과 속치마 들이 빨래집게에 야무지게 집힌 채 바람에 펄럭이고 있었다. 나는 깜짝 놀랐다. 속옷, 특히 여자 속옷은 각자의 방에서 안 보이게 말리는 것이 불문율이었기 때문이다. 실제로 나는 그때까지 빨래줄 위에서 누군가의 속옷을 본 적이 한 번도 없었다. 콜레주의 침실은 2층 구조로 되어 있고, 2층 침실에는 천장에 가까운 커다란 창이 나 있으며, 그시기 아를의 태양은 기세 좋게 타올랐으므로 방에서 속옷 빨래를 말리는 건 그다지 어려운 일이 아니었다. 아니, 어렵더라도 그렇지 저건 좀 너무한걸. 나와 아고타는 바람에 날리는 레이스를 바라보며 눈길을 교환했다. 도대체 누구지? 그 아름다운 속옷의 주인이 우리의 아나라는 것을 알았을 때 왠지 나는 놀라지 않았다. 아를의 태양 아래 모든 사람의 눈앞에 당당히 나부끼는 그 아름다운 속옷들은 아나의 성격 속에 있는 어떤 면을 말해주고 있었다.

우리가 관계를 잃는 건 반드시 의지에 의해서가 아니다. 그건 때로 의지에 반하기도 한다. 안톤은 그토록 절실하게 아나를 쫓아서 결국 그녀를 쫓아버리고 말았다. 안톤 때문에 놀라서였는지,

아날리나의 말에 따르면 아나는 이메일 주소도 바꾸고 꽤 친하게 지내던 그녀와도 연락을 끊었다고 했다. 자기 집에 방이 많으니 암스테르담에 오면 꼭 들르라고 했던 걸 생각하면 그녀가 많이 놀란 게 분명했다. 그래서 나는 그녀가 카미유 클로델에 관한 책을 마침내 출판했는지 어떤지 지금도 알지 못한다. 카미유 클로델의 장수 비결이라고 했던 걷기를 그녀가 아직도 실천하고 있는지도 어떤지도. 하지만 이제 70대가 훌쩍 넘었을 그녀가 여전히 꼿꼿하고 아름다울 거라고 믿는다.

아침은 커피, 점심은 맥주, 저녁은 포도주

그레고르

그는 늘 텔레비전 앞에 앉아 있었다. 볼륨을 낮게 틀어두고 낡은 천 소파와 일체가 되어 비스듬히 눕다시피 앉아 있는 그의 모습은 내가 콜레주에 머무는 동안 어찌나 익숙해졌는지 주방을 휘익 둘러볼 때 텔레비전 앞의 그를 분명히 보았는데도 음, 아무도 없군, 이라고 중얼거리는 일까지 일어났다. 나는 그곳에 도착하고 한참이 지나서까지도 그를 소개받지 못했다. 나는 그가 번역자인지조차 알 수 없었다. 내가 그에 대해 알고 있는 건 그가 요리하는 모습을 한 번도 본 적이 없다는 것, 음식 먹는 걸 본 적이 없다는 것 정도였다. 누군가와 대화를 나누는 것도, 심지어 책을 읽는 것도 보지 못했다. 그가 하는 일은 그저 볼륨을 낮게 틀어놓은, 웅얼거리는 텔레비전 앞에 앉아서 조는 것뿐인 듯했다.

어느 날 아침 나는 동료에게 그에 관해 물었다. 그레고르, 불가리아인이었고 3개월 정도 그곳에 머물고 있는, 우리와 같은 번역자였다. 그는 사람들과 어울리지 않고 도서실 자기 자리에 틀어박혀 작업을 하거나 시내를 산책하거나 텔레비전 앞에 앉아 있곤 한다고 했다. 아무하고도 친하지 않고 장에 나와 먹거리를 사는 일도 없다고. 그렇다, 나는 그가 좀 걱정스러웠던 것 같다. 체격은 큰 편이고 배는 불룩 나왔으며 늘 바뀌지 않는 잿빛 체크 셔츠 앞자락에는 얼룩이 묻어 있었다. 귀를 덮은 짙은 갈색 머리카락은 제대로 감지 않은 듯 몇 가닥씩 뭉쳐서 얼굴 주변에 흩어져 있었다.

어느 날 내가 돌계단을 다 올라와 비밀번호를 제대로 입력했는데도 문이 열리지 않았다. 나는 다시 천천히 네 개의 숫자를 입력했다. 여전히 문은 꿈쩍도 하지 않았다. 무거운 장바구니를 든 채 세 번째 시도를 하려는 순간 안에서 벌컥 문이 열렸다. 그레고르였다. 그가 안에서 문을 열어준 것이다. 나는 안으로 들어서며 그에게 고맙다고 말했다. 그는 그저 문을 열어줬을 뿐 내 장바구니를 들어주려는 시도 같은 것은 하지 않았다. 내가 사 온 것들을 정리하고 커피를 끓이는 동안에도 그는 내게 눈길조차 주지 않았다. 나는 그가 있는 쪽을 힐긋 바라보았다. 탁자 위에 놓인 머그잔에 담긴 것은 커피인 듯했다. 나는 커피를 한 잔 만들어 방으로 들어갔다.

그날 저녁 나의 메뉴는 볶음밥이었다. 집을 떠나 밥을 해먹다 보면 밥이 의외로 시간이 많이 걸리는 음식이라는 걸 알게 된다. 쌀을 적당히 불려서 끓이고 뜸을 들이고 하는 과정이 시간도 꽤 걸리고 번거롭다. 그래서 아를에 있는 동안 나는 마트에서 파는 중국식 냉동 볶음밥을 자주 이용했다. 완두콩과 채소, 햄 등이 들어간 '리 캉토네riz cantonais, 광둥식 볶음밥'는 젖은 탈리아텔레와 더불어 나의 주식이었다. 토마토와 양파, 마늘 등 채소와 해물을 끓이다가 '마지'라는 상표의 간장으로 간을 맞추고 젖은 탈리아텔레를 슬쩍 헹구어 넣으면 대충 입맛에 맞는 국수 한 그릇을 만들 수 있다. 그날처럼 볶음밥을 만들려면 30센티미터짜리 팬을 골라 올리브유를 두르고 대구 필레나 새우를 마늘과 함께 노릇하게 볶은 뒤 한쪽에 밀어놓고 다시 올리브유를 둘러 냉동 볶음밥을 쏟아넣으면 된다. 그렇게 하면 설거지감을 많이 만들지 않고도, 시간을 많이 들이지 않고도 먹을 만한 한 끼를 만들 수 있다. 냉동실에서 포장된 볶음밥을 꺼내면서 나는 소파 쪽을 바라보았다. 그레고르는 포도주 잔을 앞에 두고 앉아서 텔레비전을 보고 있었다. 나는 평소 두 배의 양을 팬에 쏟았다.

이거 국적 불명의 볶음밥인데 한번 먹어볼래? 콜레주의 규칙대로 나는 그에게 '튀투아예tutoyer. 반말'를 했다. 보통 나는 상대가 나에게 먼저 튀투아예하기를 기다리는 편이었는데, 그날 그레고르에게 먼저 튀투아예를 한 것은 나였다. 그만큼 그는 말이 없었다. 우리는 식당 한쪽에 있는, 대형 종이팩 속의 포도주를 한 잔씩 따라놓고 샐러드를 곁들여 별말 없이 저녁을 먹었다. 그런데 그 침묵은 어색하다기보다 편안했다. 나는 굳이 화제를 찾으려들지 않았고, 그 역시 먹는 일에 몰두했다. 20분의 식사 시간 동안 내가 그에 대해 알게 된 것은 그가 화가인 아내와 소피아에서 살고 있으며 미셸 몽테뉴를 번역했다는 것뿐이었다. 그는 나에 대해 거의 아무것도 알지 못했을 것이다. 왜냐하면 그가 묻지 않았고 나도 굳이 말하지 않았으므로. 심지어 그는 내가 어느 나라 사람인지 무엇을 번역했는지조차 묻지 않았다. 그의 유일한 질문은 볶음밥의 간을 무엇으로 했는지 자신이 알 수 없는 무엇이 들어 있는 것 같다는 정도였다. 나는 그에게 소스 드 소자sauce de soja. 간장를 넣었다고 대답했고 그는 고개를 끄덕였다. 그가 식사를 대접해줘서 고맙다며 설거지를 자청했기에 나는 뒷정리만 하고 방으로 돌아왔다.

그다음 날부터 조금 이상하다는 느낌이 들기 시작했다. 내가 저녁 무렵 주방에 모습을 나타내면 그레고르가 어느새 내 뒤에 와 있었다. 처음에는 반갑게 인사를 하고 커피를 끓이거나 식사 준비를 시작하던 나는 점차 불편해지기 시작했다. 그가 나에게 뭔가 바라고 있다는 느낌이 들어서였다. 나는 그 불편함의 정체를 규명하지 못한 채 그때그때 다른 동료들과 어울려 식사를 했다. 내게로 쏟아지는 그레고르의 시선을 받으면서. 그렇게 사흘째 되는 날 나는 마침내 그의 눈빛의 의미를 알았고 그곳에 온 지 한 달 이상 된 아고타에게 그레고르에 대해 물었다.

네 생각이 맞아. 그는 네게 한 끼를 원해. 뭐라고? 그제야 나는 알았다. 그러니까 그곳에 온 여자 번역자들 중 거의 모두가 그레고르에게 식사를 대접한 적이 있다는 것을. 다들 그가 다음번에는 직접 식사를 준비한다든가 할 줄 알았어. 그런데 천만에, 그는 한 사람에게서 적어도 서너 번의 식사를 제공받았고, 그 제공자가 사태를 깨닫고 난 후에야 물러났어. 넌 한 끼를 해주고 바로 깨달았으니 빠른걸. 그는 왜 스스로 자기가 먹을 음식을 준비하지 않는 거야? 글쎄, 그런 사람들이 있잖아. 개체발생은 계통발생을 되풀이하는 법. 그러니까 아침은 커피, 점심은 맥주, 저녁은 포도주를 마시는 그레고르를 보고 안타까워한 사람은 내가 처음이 아니었다. 그리고 그런 그에게 질린 사람도 내가 처음이 아니었다.

　그날도 나는 내가 먹을 만큼의 저녁만을 지어 동료들과 같이 식사를 했다. 그레고르가 포도주 잔을 들고 내 옆으로 왔고, 나는 웃는 얼굴로 그를 맞았다. 그에게 매번 식사 대접을 할 순 없지만 웃어줄 수는 있었다. 나는 내 밥을 나누고 싶은 마음과 싸우면서 불편하게 식사를 했다. 내 그릇이 비고 그의 잔이 비었을 무렵 나는 그의 몽테뉴에 대해 알 수 있었다.

　그해 여름 라디오 방송국 〈프랑스앵테르〉에서는 '몽테뉴와 함께하는 여름'이라는 제목의 짧은 프로그램이 방영되고 있었다. 이 방송은 동명의 제목으로 다음 해에 책으로 출간되었다. 내가 저자 앙투안 콩파뇽Antoine Compagnon, 1950~에 대해 아는 건 그가 특히 마르셀 프루스트 전문가로 알려져 있다는 것 정도였다. 나는 슈테판 츠바이크Stefan Zweig, 1881~1942의 『몽테뉴』를 언급하고 그 책이 완성되었다면 『발자크 평전』에 버금가는 탁월한 전기가 되었을 거라고 말했다. 비엔나에서 태어난 유럽적 지성의 정수 츠바이크는 빼어난 소설을 쓰기도 했지만 내게 있어서는 무엇보다도 발자크와 몽테뉴에 대해 그 누구도 쓸 수 없는 탁월한 전기를 쓴 작가였다. 나치의 유럽 지배가 계속되리라고 비관했던 츠바이크는 남미로 탈출했지만 거기에서 결국 부인과 동반 자살로 삶을 마감했다. 그래서 꼼꼼하고 체계적인 완성도를 보이는 발자크 전기와는 달리 몽테뉴 전기는 분량도 내용도 아마 그의 의도에 턱없이 모자라는 미완의 작품으로 남았다. 그럼에도 몽테뉴를 '체념과 물러섬의 대가'로 파악하는 그 작품은 몽테뉴에 대해, 그의 시대에 대해 우리가 알아야 할 바로 그 지점을 짚어준다. 그건 쉬운 일이 아니다.

몽테뉴 시대의 프랑스는 내란이라고 할 만큼 가톨릭과 개신교 간의 종교전쟁이 일어나 국토 전역을 휩쓸었다. 구교의 법정에서는 걸핏하면 신교도들을 화형에 처했고, 신교도들은 격렬하게 대항했다. 츠바이크는 이렇게 쓴다. "1588년 늙은 몽테뉴는 이렇게 썼다. '30년 전부터 계속되어온 혼돈 속에서 모든 프랑스 사람은 매시간 자신의 운명이 완전히 뒤집힐 수도 있는 상황에 직면해 있다.'" 몽테뉴는 이런 시대의 소용돌이 속에서 자기 자신 안에 칩거함으로써 인간으로서의 정신을 유지하기로 선택한다. 그러니까 자기 자신을 지킨다는 최고의 기술을 연마하기로 선택한다. 그것은 괴테가 치타델레zitadelle, 요새 안의 작은 보루라고 불렀던 내면의 성채를 잘 지키는 일이었다.

몽테뉴는 평생 자신의 스승이자 제자가 되었다. 그는 최소한의 공직 생활을 유지하면서 어느 편에도 휘둘리지 않고 광신 시대의 현자로서 은둔과 물러남을 원했다. 그는 물려받은 성채의 꼭대기를 자신의 안식처로 만들었다. 너무 일찍 세상을 떠난 친구라 보에시가 남긴 책과 자신의 책을 정리해 넣고 서재 천장의 들보에 54개의 라틴어 격언을 새겼다. 그중 마지막 것만이 프랑스어로 되어 있었다. "내가 무엇을 아는가?" 그리하여 그의 책은 그 자신의 표현대로 "삶이라는 여행에 가져갈 수 있는 최고의 양식"이 되었다.

몽테뉴는 평생 나는 어떻게 살고 있나, 라는 질문 이외에 아무엇도 하지 않았다. 그는 이 질문 자체에 집중했다. 그에게 가장 위대한 경험은 '자기가 자기 자신임을 이해하는 것'이었다. 몽테뉴는 자신을 위해서 자신과 어떤 일에 대한 경계를 찾아내는 데 골몰했다. 무슨 일에든 자신을 완전히 내주지 않고 빌려주는 정도로 끝내야 한다고 그는 믿었다. 나아가 "영혼의 자유를 지키면서, 분명히 옳다고 생각되는 드문 순간 말고는 그것을 빌려주지도 말아야 한다"라고 했다. 몽테뉴는 어떠한 종류의 처방도 만들어내지 않았다. 그저 자신에게 방해가 되고 자신을 제약하는 모든 것, 곧 허영과 자만, 두려움과 희망에서, 확신과 파벌에서, 야망과 욕심에서, 절대적 가치와 믿음에서 자신을 둘러싼 것들로부터 '벗어나기' 위해 노력했고 그 과정을 책으로 썼다.

그토록 과묵하던 그레고르의 입에서 쉴 새 없이 몽테뉴 이야기가 쏟아져 나왔다. 이제 나는 기름기가 번들거리는 그의 머리칼이 아니라 형형하게 빛나는 그의 두 눈을 바라보고 있었다. 셔츠자락의 얼룩 같은 것도 더 이상 눈에 들어오지 않았다. 자신이 경도된 저자를 말하는 행복한 번역자가 거기 있었다.

다음번에 그레고르를 만났을 때 그의 머리는 금방 감은 듯 나풀거렸고 깨끗한 셔츠에서는 비누 냄새가 났으며 얼굴은 면도를 한 듯 말끔했다. 무엇보다도 그에게서 늘 풍기던 술 냄새가 나지 않았다. 나는 그의 이런 변화가 참 반가웠다. 대형 마트인 카지노에서 장을 보다가 그를 염두에 두고 오븐에 데우기만 하면 먹을 수 있는 냉동 파스타를 몇 가지 샀을 정도로.

그런 다음 나는 일주일간 여행을 떠났다. 그래서 내가 사준 냉동식품들을 그레고르가 잘 데워 먹으며 살았는지 아니면 다시 커피, 맥주, 포도주의 일상으로 돌아갔는지는 알 수 없었다. 일주일 후 내가 여행에서 돌아왔을 때 그는 동료들과 훨씬 더 많이 어울리는 듯했고 훨씬 말이 많아져 있었다. 침대에서 밤중에 화장실에 가려고 계단을 내려오다가 고꾸라질 뻔했다는 내 말에 쯧쯧 혀까지 차면서 잠자리에 들기 전에 미리 작은 불을 하나 켜두라고 충고하기도 했다. 몽테뉴도 서재의 가파른 계단을 내려오다가 다리를 다칠 뻔했다면서.

은둔의 10년을 보낸 마흔여덟의 몽테뉴는 여행을 떠났다. 그는 가족과 고향과 작업 등 모든 것을 떠나 오직 자기 자신하고만 다녔다. 그가 찾는 구경거리는 여행 안내서에 나오는 그런 종류의 것이 아니었다. 그의 여행기에는 미술이나 건축에 대한 이야기도 거의 없다. 그는 "범죄자의 처형을 구경했고, 유대인의 할례 예식을 보았으며, 도서관을 방문했고, 농사꾼 아낙네들에게 무도회에 오라고 간청했으며, 거리에서 사람들과 이야기를 나누었"을 뿐이라고 하면서 그레고르는 내 눈을 응시했다. 자신은 10년 동안 전업으로 번역을 했고 일을 하는 동안 매일 세 잔씩 술을 마셨으며 그렇게 마흔여덟이 되었을 때 떠나야 한다고 느꼈다고. 앞으로 1년 더 여기저기를 돌아다닐 것이라고. 그리고 이건 정말 꼭 말하고 싶은 건대 자신에게 '피카르^{프랑스의 냉동식품 상표}'를 알려줘서 정말 고맙다고. 오늘 저녁 '펜네 드 장봉 에 드 프로마주^{penne de jambon et de fromage. 햄과 치즈가 들어간 펜네}'를 내게 대접하겠노라고.

우리는 내가 만든 샐러드와 그가 데운 펜네에 부르고뉴를 곁들여 저녁을 먹었다. 좋은 만찬이었다. 이 세상 한구석에서 두 명의 번역자가 자기네 제품으로 그렇게 좋은 시간을 보냈다는 것에 피카르사는 자부심을 가져도 좋다.

새들에게 자유를, 침묵에 경의를

콜레주에 머무는 체류자들은 번역이나 출판과 관련한 행사 정보를 대개 이메일로 받는다. 당시 사무실에는 콜레주의 교장과 직원 다섯이 있었다. 행정 업무를 하는 사람 하나, 주로 행사 업무를 주관하는 사람 하나, 도서실 담당이 둘 그리고 번역자들이 머무는 공간을 청소하고 도와주는 사람 하나였다. 행사가 있을 때면 도서실이나 식당에 안내문이 붙기도 했지만 그보다 더 정확한 건 이메일이었다. 생트로핌 성당에서 열리는 낭독회에 대한 정보를 이메일로 받았을 때 나는 가겠다고 답장했다. 내가 가겠다고 한 것은 출연자 중에 낸시 휴스턴Nancy Huston, 1953~이 있어서가 아니었다. 생트로핌이라는 곳 그리고 낭독회 자체 때문이었다.

생트로핌 성당은 주교모처럼 봉긋 솟은 형태에 세공된 조각도 아름답지만 안뜰이 특히 좋다. 그곳의 회랑에 머물던 햇살을 어떻게 표현하면 좋을까. 일단 그곳에 들어서면 하나의 세계가 닫히고 훨씬 깊은 또 다른 세계가 열리는 것 같다. 지금도 나는 그곳의 정적이 그립다. 돌 벤치 위에 가부좌를 틀고 앉아 눈을 감고 잠시 내가 다녀온 나라는 어디였을까 생각하곤 한다. 아를에 머무는 동안 마음이 산란한 일이 있을 때면 나는 그곳에 갔다. 돌 벤

99

치에 가만히 앉아서 혹은 계단을 올라가서 지붕 위로 쏟아지는 햇빛을 바라보고 있으면 속세의 고민이 아득히 물러났다. 이런 생트로펌 안마당에서 열리는 낭독회를 놓칠 순 없었다.

내가 그 낭독회를 눈여겨본 또 하나의 이유는 당시 언어의 리듬감에 대해 생각하고 있었기 때문이다. 글로 표현된 문학이 말로 발화되면서 얻어지는 다른 효과에 관심이 끌렸던 것이다. '상호텍스트적' 번역 이론을 주장하는 앙리 메쇼닉Henri Meschonnic, 1932~2009은 "리듬의 번역"을 중요시한다. "전통적인 의미의 리듬, 곧 시의 형태적인 리듬의 개념이 아니라 시든 산문이든 모든 언어 속에 들어 있는 의미의 움직임"을 번역해야 한다는 것이다. 그는 원전의 '기운'이 번역본에서도 살아남기를 원했다. "작가가 글쓰기의 주체를 드러내기 위해 동원하는 의미의 소용돌이"를 의식함으로서 번역은 원문에 무엇인가를 줄 수 있는 단계로 발전할 수 있다는 것이다.(앙리 메쇼닉, 『번역의 시학』) 이런 근거에서 메쇼닉은 창작하는 자세로 임하는 번역에 손을 들어준다. 원어에 충실하기 위한 단어 대 단어의 번역을 넘어서는 창조적인 번역을 해야 한다는 것이다. 나는 그가 조금 멀리 나아갔다고 생각한다. 번역자란 원전에 갇히는 숙명을 감수하기로 한 존재가 아니던가. 하지만 그가 말하는 원전의 내적 리듬이든 외적 리듬이든 번역에서 리듬을 의식하는 것은 의미를 의식하는 것만큼이나 중요하다는 데 동의한다.

몇 년 전 한국을 방문한 프랑스 소설가이자 번역자인 마리 다리외세크Marie Darrieussecq, 1969~가 지적한 것처럼, 문장의 리듬감을 번역하기 위해서는 일정한 계산과 장치가 필요한 동시에 일시적인 일대일 번역을 스스로에게 허용해야 한다. 마리 다리외세크는 버지니아 울프의 『자기만의 방』의 한 단락을 예로 들었다. 그 문장에는 baby라는 단어들이 여러 차례 나오는데, 그 단락을 번역할 때 육아의 번거로움과 어려움에 대해 강한 형용사를 동원하는 것보다는 번역문에서도 역시 bébé라는 단어를 여러 차례 동원해서 독자들의 신경을 긁는 편이 효과적이라는 것이다.

낭독회는 낸시 휴스턴으로 시작되었다. 캐나다 태생으로 파리에 정착해 영어와 프랑스어로 여러 권의 소설을 펴낸 그녀는 자신의 책들을 직접 번역한 번역자이기도 하다. 그녀가 그 낭독회에 초대된 것은 아마도 그런 이유에서일 터였다. 그녀는 네 세대의 가족 관계를 그린 소설로 몇 년 전 페미나상을 받았는데, 낭독회에서 자신이 프랑스어로 번역한 그 소설의 몇몇 단락을 읽으면서, 어째서 번역이 단어에 묶여서는 안 되는지 설명했다. 그 소설의 원제는 'Fault Lines'로, 지층이 단층으로 잘리면서 접히는 선을 의미하는 동시에 '결함의 계보'라는 뜻의 이중적 의미를 지니고 있다. 이를 프랑스어로 번역하면 'Ligne de Faille'가 된다. 같은 어족의 이점을 충분히 살려 번역자가 별다른 품을 들이지 않고도 이중적 의미를 그대로 가져올 수 있는 경우다. 하지만 이를 한국어로 번역한다고 해보면 단층선들과 결함의 계보, 둘 중 하나를 택해야 한다. 아니면 아예 다른 제목을 붙이거나 구구한 설명을 달아야 한다. 출판사 문학과지성사에서 나온 이 책의 우리말판에는 '여섯 살'(손영미 옮김)이라는 제3의 제목이 붙어 있다.

마이크를 잡자마자 낸시 휴스턴은 하늘을 올려다보며 우리에게 말했다. 제가 지금 우리 머리 위를 날고 있는 저 새들에게 이 낭독회를 위해 조용히 해달라고 청할 수는 없겠지요. 하지만 여러분에게 갖고 계신 휴대폰을 꺼달라고 부탁드릴 순 있겠지요. 그러면서 그녀는 바람에 흩날리는 머리카락을 손으로 쓸어 넘기며 바로 책장을 펼쳤다. 자신이 읽게 될 그 책이 네 세대에 걸친 '여섯 살들'에 대한 이야기라는 것, 우리 역시 그런 시기를 거쳤기에 여기 있는 것이란 말은 하지 않았다. 책의 내용에 대해서는 최소한의 설명도 없었다. 우리는 단숨에 책 속으로 들어갔다. 그 책은 눈으로 읽는 것이 아니라 귀로 듣는 것이었다.

나는 잠에서 깨어난다. (…) 완벽하게 작동하는 몸과 마음을 가진, 잠에서 깨자마자 완전히 각성 상태에 도달하는, 올해 여섯 살의 천재, 아침마다 잠에서 깨면 이 생각을 한다. 내 머리가 세계 속으로 흘러들고, 세계가 내 머릿속으로 흘러든다. 그리고 나는 그 과정 전체를 통제하고 소유한다. (…) 나는 햇살처럼 전능하고, 우주의 가장 어두운 구석까지 순식간에 흘러든다. 여섯 살에 모든 것을 보고 비추고 이해할 수 있다.

나는 눈을 감았다. 문장의 의미가 아니라 리듬과 울림이 머릿속에서 출렁거렸다. 시간이 느릿느릿 흘렀고 바람이 부드럽게 불어왔다. 그날 나는 여행 가방에 넣어가지고 온 두 벌의 원피스 중 자락이 풍성하고 긴 것을 입고 편안한 플랫을 신고 있었다. 수도

102

원 뜰 안에 줄지어 세워놓은 접이식 플라스틱 의자에 앉아 나는 잠시 모든 걸 잊었다. 그곳이 아를이라는 것도, 내가 떠나온 곳도, 내가 왜 그곳에 와 있는지도. 낸시 휴스턴의 가늘지만 깊은 목소리에 실린 리듬만이 귓가를 떠돌았다. 100여 명이 모인 그곳, 낭독회가 끝날 때까지 휴대폰 소리는 울리지 않았다. 수도원 건물보다 키 큰 나무들 위에서 새들도 이따금 기척을 보냈을 뿐 처음처럼 시끄럽게 울지 않았다. 낸시 휴스턴의 재치 있는 호소를 새들도 들어준 것일까.

몽 세르 아봉다망

아마르

먹는 문제에 한정해도 사람에겐 각자 장기가 있다. 콜레주의 냉장고는 번호가 매겨진 칸을 각자가 나누어 쓰는 식이었다. 옆에 있는 냉동고 역시 그러했고, 세탁실 앞에 있는 또 하나의 냉장고는 음료수용이었다. 그러므로 냉장고 문을 열면 다른 사람이 넣어놓은 내용물을 어느 정도 볼 수 있었다. 각 칸에는 커다란 사각형 플라스틱 쟁반이 있어서 그것을 통째로 꺼내서 탁자에 올려놓고 식사 준비를 할 수 있었다. 그 시스템은 생각보다 편리해서 나는 한국으로 돌아가서도 그런 쟁반 시스템을 냉장고 정리에 이용하면 어떨까 하는 생각을 했다. 그런데 정사각형의 플라스틱 팩들을 동원해 유난히 냉장고 정리를 잘하는 번역자가 있었다. 다 쓴 요구르트병이나 버터 통 같은 것에 남은 음식이나 양념을 대충 담아놓는 내가 따라갈 수 없는 깔끔함이었다.

아고타는 바질 페스토를 만드는 데 수준급이었고, 안톤은 고기 망치로 두드려놓은 스테이크감을 사와 앞뒤로 먹음직스럽게 구워냈다. 쉬잔의 냉장고 칸에는 언제나 라타투이가 들어 있었다. 잉가가 만드는 카나페는 그 화려함으로 일단 눈을 사로잡았고 뛰어난 맛으로 먹는 사람의 입가에 웃음을 선사했다.

슬로베니아의 대형 출판사 편집장이자 몰리에르Molière, 1622~1673 번역자인 아마르는 치즈 애호가였다. 그의 냉장고 칸 쟁반에는 언제나 방수지에 쌓인 치즈들이 가득했다. 체더·하우다·에멘탈·고르곤졸라 치즈 조각들이 기름 먹인 종이에 아무렇게나 싸여 있었다. 그것을 본 쉬잔이 치즈마다 곰팡이의 종류가 달라서 각각 다른 통에 넣고 밀폐 보관해야 한다고 말했지만, 아마르는 평생 이렇게 먹어왔는데 아무 문제도 없었다며 그녀의 우려를 일축했다. 나는 속으로 아마르 편을 들었다. 자신의 취향에는 자신이 전문가 아닌가. 포도주 잔을 쥐는 법이라든가 몇 년산 어느 포도원 것이 최고라든가 하는 격식보다 그저 내 주머니 사정과 입맛에 맞는 생쥘리앵을 기억해두면 그만 아닌가.

아마르는 슬로베니아보다 아를에서 더 맛있고 다양한 치즈를 더 값싸게 즐길 수 있다며 좋아했다. 그러니까 내게 있어서 포도주가 그에게는 치즈인 셈이었다. 그는 샐러드마다 파스타마다 각종 치즈를 곁들였고, 퐁듀를 만들었고, 빵에 바르고, 비스킷에 올렸다. 그에게는 거의 전문가용에 가까운 치즈 글레이터가 있었다. 여행의 동반자라고 했다. 도마 사용도 귀찮아 파스타에 파를 찢어 넣었던 콜레주의 주방에서 내가 샐러드 위에 막 갈린 신선한 파르마산 치즈를 곁들이는 호사를 누린 것은 아마르 덕택이었다. 그는 자기 접시에 치즈를 뿌릴 때 주변을 둘러보면서 다른 사람들에게 치즈를 원하는지 묻곤 했다. 대부분 자기 접시를 조심스레 내밀며 위 메르시Oui merci. 응 고마워, 앵 프티 푀Un petit peu. 조금이면 돼, 하고 말했다. 내 차례가 왔을 때 내 입에서는 나도 모르게 비엥 쉬르 위Bien sûr oui. 물론 원하고말고, 아봉다망Abondamment. 많이 팍팍 줘이라는 말이 튀어나왔고, 아마르는 순간 깜짝 놀라더니 이어 목 젖을 보이며 큰 소리로 껄껄 웃어댔다.

나중에 아마르는 그때 정말 유쾌했노라고 말했다. 그의 표현에 따르면 콜레주에서 가장 몸집이 작은 여자가, 그러니까 겨우 요만한 여자가, 하면서 그는 자기 가슴팍을 가리켰는데, 그건 천만의 말씀이었다. 키로 말하자면 아마르가 나보다 크다고도 할 수 없었다. 다만 그의 산만 한 배에는 내가 도전장을 내밀 처지가 아니었는데, 그 배는 분명 치즈와 미식으로 점철된 세월의 산물이었을 것이다. 그는 말을 계속했다. 그런 작은 여자가 큰 소리로 아봉다망을 외치면서 파스타 접시를 갖다대더니 자신이 치즈를 갈고 또 갈아도 그만하라는 소리를 하지 않더라는 것이다. 그 후로 그는 나를 '아봉다망'이라는 별명으로 불렀고, 그 호칭을 듣는 사람들의 눈에 궁금해하는 빛이 떠오를 때마다 그 에피소드를 언급하는 것을 잊지 않았다.

주방에서 내 장기를 어렵게 찾자면 식사 준비 시간이 짧다는 것, 비교적 영양이나 포만감 면에서 제대로 해먹는다는 것 정도였다. 나는 조리 비결보다 재료가 더 중요하다고 믿는다. 항생제 없는 건강한 고기, 좋은 땅에서 제대로 자라난 과일들은 그리 복잡한 과정을 거치지 않고도 좋은 요리가 된다. 그해 나는 여행 예산에 좀 여유가 있어서 평소 고르던 것보다 조금 더 오래된 포도주들을 고르는 데 은밀하게 열을 올리고 있었고, 괜찮은 식당이 없나 하고 밖으로 눈을 돌리고 있었다. 콜레주에서 가까운 곳에 있는 미슐랭 별 두 개짜리 식당에서 79유로짜리 저녁 코스를 먹기도 했는데, 그곳의 푸아그라는 간 냄새가 강하지 않아서 좋았고, 뵈프 부르기뇽도 깊은 맛이 있었다. 저녁 상대는 그때그때 바뀌었는데, 론 강변의 베르베로바 광장 근처에서 열린 재즈 공연에서 돌아오던 날 저녁에는 아마르와 함께 가기도 했다.

아마르는 커피를 끓여 마시는 방법도 독특했다. 긴 손잡이가 달린 황동 냄비 같은 것에 커피 가루를 넣고 끓여서 필터에 거르는 것이다. '제즈베'라는 그 터키식 커피포트를 슬로베니아에서부터 갖고 온 모양이었다. 그는 식재료를 넉넉하게 사고 요리도 넉넉하게 해서 주변 사람들과 나누어 먹는 것을 좋아했다. 과일도 조개 볶음도 빵도 그렇게 나누었다. 몇 번을 얻어먹은 후에 나도 반찬으로 전유어나 채소전 같은 걸 만들 때면 프라이팬 하나에 가득 찰 정도로 해서 주변 동료들에게 나누어 주었다. 때로는 그가 좋아하는 사과계피차를 마들렌과 함께 갖다 주기도 했다. 우리는 그렇게 친해졌다. 그는 70대의 나이 때문인지 편집장이라는 지위 때문인지 콜레주의 동료들에게 살짝 가르치려는 태도가 있긴 했지만 심하지 않았고 무엇보다 마음이 넉넉하고 따뜻했다. 우리 사이가 어색해진 것은 내가 장을 콜레주에 데려와 함께 저녁을 먹은 날부터였다.

장은 콜레주에서 전담 사진사 일을 하고 있는 아를국립사진학교 학생이었다. 콜레주의 행사나 홍보에 필요한 사진을 찍는 모양이었다. 어느 날 나는 그에게서 콜레주 복도에 걸 사진을 찍고 싶다는 이메일을 받았다. 콜레주 숙소의 복도에는 그동안 묵었던 번역자들의 사진이 걸려 있는데, 내 체류 횟수가 여러 번이니 내 사진도 하나 걸자는 것이었다. 사진 찍는 것도 찍히는 것도 별로 좋아하지 않았으므로 평소라면 거절했을 것이다. 하지만 그때 나는 동생을 저세상으로 보낸 지 얼마 되지 않아서였는지 삶에 대해 묘한 절박감과 애틋함에 젖어 있었다. 식당에서 역시 같은 내용의 이메일을 받았다는 쉬잔과 이 문제를 의논한 후 우리는 한번 해보기로 했다. 푸르쿠아 파?Pourquoi pas? 안 될 게 뭐겠어? 장은 특별히 생각해둔 배경이나 조건이 있는지 다시 이메일로 물었고 나는 아를의 골목길이 좋겠다고 말했다.

그 전날, 반고흐 광장에 진짜 노래 못하는 미국 가수가 와서 괴상한 공연을 새벽 3시까지 하는 바람에 창문이 안뜰에 면한 방을 쓰는 번역자들은 거의 잠을 자지 못했다. 광장 주변의 카페들이 합동으로 벌인 행사인 듯했다. 잉가는 특유의 단정한 손놀림으로 이마를 짚으며 세테 오리블르C'était horrible. 끔찍했다를 반복했다. 그렇게 잠을 자는 둥 마는 둥 밤을 보낸 데다가 서울에 보낼 일을 마감하느라 진한 커피를 마신 나는 낮잠도 자지 못해 도저히 사진 찍힐 몰골이 아니었다.

하지만 어쩌겠는가. 나는 약속 시간보다 조금 일찍 만나기로 한 아르모니아문디 서점으로 갔다. 내가 갖고 있는 아르모니아문디판 음반은 벤저민 브리튼 몇 개뿐이었는데, 그날 저녁에 사람 없는 2층을 가득 채우는 드뷔시의 선율은 참 아름다웠다. 세상이 늘 이렇게 조화롭다면 얼마나 좋을까? 아니, 조화로운 것과 조화롭지 않은 것들이 어울리는 게 세상의 조화일까? 3층까지 책과 음반이 가득 차 있는 그곳은 문학보다 사진집이나 음반, 지도 등이 많아서 누군가를 기다리면서 시간을 보내기에는 최고였다. 콜레주에서도 가까웠다.

안에서 밖을 내다보자 흰 셔츠에 맑은 눈빛의 청년이 헐레벌떡 뛰어오고 있었다. 시청 전시실을 페인트칠하는 아르바이트가 늦게 끝나서 집에 들러 옷 갈아입고 올 시간이 없었다면서 땀 냄새가 날 거라며 장은 내게 미안해했다. 파리에 본가가 있는데 그곳에서 대학을 다니다가 오스트레일리아를 몇 년 여행한 후 사진을 하기로 마음을 정하고 아를로 내려왔다고 했다. 그 순간 대학 시절 학교 근처 커피숍 앞에서 커피값을 빼면 집에 갈 차비가 남는지 지갑 속 동전을 헤아리던 어느 날 오후가 떠올랐다. 가난하고 신나는 젊음! 장은 어찌나 말이 빨랐는지 잠시 후 나는 초면임에도 걸음을 멈추고 그에게 말하지 않을 수 없었다. 천천히 말해, 아니면 두 번씩 말하든가. 내가 알아듣기를 바란다면 말이야. 그러자 그는 파리에 있는 부모님 역시 자기한테 그렇게 말한다고 하면서 활짝 웃었고, 그때부터 우리는 서로 말을 놓았다. 사실 난 그의 부모님 또래였다.

아를의 골목길에 앉으니 길고양이 한 마리가 다가왔다. 나는 고양이와 따로 또 같이 사진을 찍었다. 카페로 옮겨 가서도 몇 장을 찍었다. 장은 내게 콜레주에 대해 물었고, 내부가 궁금하다고 했다. 그래서 나는 그에게 콜레주 구경을 시켜주겠다고 했다. 저녁 시간이어서 주방엔 동료들이 모여 식사 준비를 하고 있었다. 나는 피노누아를 한 병 따고 샐러드와 파스타를 만들어서 테라스 구석에 그와 함께 자리를 잡고 앉았다.

저녁 어스름이었다. 나는 눈이 마주치는 동료들에게 장을 소개했다. 이윽고 아마르가 다가와 치즈를 원하는지 물었고 나와 장은 먹다 만 접시를 내밀었다. 아마르는 말없이 글레이터를 치켜 올려 치즈를 갈아주었다. 이번에는 나를 별명으로 부르지 않았다. 장과 나는 파스타 접시를 비우고 부르고뉴를 마셨다. 장은 번역에 대해, 번역하는 사람에 대해 궁금해했다. 우리의 대화를 어깨 너머로 듣고 옆자리에 앉은 누군가 소통하는 모든 인간은 번역자라고 한마디했다. "번역이 없으면 우리가 사회적 삶이라 부르는 모든 것이 불가능하다, 번역은 인간 조건의 또 다른 이름"이라고.

번역의 관행은 두 가지 전제에 기초한다. 우선 모두가 다르다는 것이다. 우리는 저마다 다른 언어를 쓰고 각자 쓰는 언어적·문화적·개인적 특성에 따라 세상을 바라본다. 여기서 다른 언어라는 것은 한 언어 내의 다름과 언어 간의 다름을 말한다. 이런 다름의 전제가 한편에 있고, 다른 한편에는 우리 모두가 같다는 전제가 있다. 우리, 그러니까 호모사피엔스는 일정한 감정과 정보와 이해를 공유한다. 이 두 가지 전제가 없으면 번역은 불가능하다. 번역에서 중요한 것은 객관적 사실 너머에 있는지도 모른다. 이 지점에서 번역은 통역과 갈라진다.

프랑스어뿐만 아니라 영어에서도 나는 비슷한 결함을 갖고 있다. 읽기와 쓰기는 그런대로 괜찮은데 듣기와 말하기가 엉망인 것이다. 어떤 영국 번역자가 한국 소설을 영어로 번역해서 상을 받았는데, 그 번역자가 한국말로는 소통이 되지 않는다는 이야기가 나온 적이 있다. 반면 속담이나 비어까지 한국어 입말은 능숙하게 구사할 줄 알면서도 책을 읽고 이해하는 데는 한계를 보이는 외국인들도 흔하다. 어떤 감동이나 열정에 추동되어 저자나 편집자와 이메일을 교환하고 그들을 만나서 대화를 나누게 될 때마다 정작 나는 긴장했다. 아니, 이메일에서 그런 표현을 쓴 이가 이런 간단한 회화 앞에서 버벅거리다니. 오랫동안 나는 프랑스 문학을 번역한다면서 프랑스어를 잘 듣고 유창하게 말할 수 없다는 열등감에 시달렸다. 저자들을 만날 기회를 되도록 피해온 것도 어쩌면 메일을 통해 그가 가진 나에 대한 호감이 실망이나 환멸로 바뀔지도 모른다는 근거 있는 우려 때문이었는지도 모른다. 그런데 그런 지리한 세월을 보낸 다음 나는 그런 나 자신을 인정하기로 했다. 나이 드는 건 좋은 일이다. 그래서 장을 만나자마자 걸음을 멈추고 정색을 하고 천천히 말해줄 것을 편안하게 요청할 수 있었던 것이다.

번역은 본질적으로 구조상 전과 후가 있다. 그 때문에 출발어와 도착어 사이에서 오랫동안 씨름해온 내게는 기묘한 버릇이 하나 생긴 것 같다. 누군가 외국어로 말할 때 나는 그것을 내 눈앞의 보이지 않는 칠판에 쓴다. 그리고 그 문장을 머릿속으로 번역해서 이해하고 다시 보이지 않는 칠판에 내가 할 말을 쓰기 시작한다. 그러니 느릴 수밖에. 어떤 언어학자에 따르면 열두 살 이전에 배운 언어만이 진정한 직독해가 가능하다고 한다. 나는 우리말을 내가 그럴 수 있음에 감사한다. 내 밥벌이가 통역이 아니라 번역이니 얼마나 다행인가. 오랜 시간이 걸리긴 했지만, 나는 내 나라말을 잘하는 게 좋고 그 이상은 대충 지내기로 했으며 그런 결정을 내린 게 내심 흐뭇하다.

장은 자신의 사이트에 그동안의 작업을 올려놓았다고 했다. 앤설 애덤스를 좋아해서 '누보 f64'라는 이름으로 동인 활동도 하고 미국으로 가서 요세미티 풍경을 찍기 시작했으나 대가와는 다른 자신의 빛을 발견한 건 오스트레일리아에서였다고 했다. 내가 도로시아 랭의 사진이 좋았다고 말하자 그는 아, 그 이민자 어머니 얼굴, 하면서 스티글리츠는 어떤지 물었다. 랭은 "카메라란, 카메라 없이 우리가 어떻게 보아야 하는가를 가르치는 도구"라고 말한 바 있다. 나는 장이 찍은 나 자신의 모습이, 랭이 찍은 대공황기의 이민자 어머니의 얼굴처럼 어떤 깊이와 품위를 지닌 것이기를 바랐다. 불면의 흔적이 드러나는 거야 어쩌겠는가.

그해 9월에는 아를에서 세계사진전이 열리게 되어 있었다. 장이 시청의 전시실을 칠하는 것도 그 준비의 일환이었다. 그는 요제프 쿠델카 작품이 온다며 내가 언제 서울로 돌아가는지 물었다. 다행히 사흘 정도는 사진전을 보고 떠날 수 있었다. 그는 자신을 사진으로 인도한 호주 여행에 대해서, 그 여행 동안 사귀었던 여자 친구에 대해서도 들려주었다. 그리고 아를에 내려와 여자 친구와 이별을 했다고 쓸쓸한 목소리로 말하더니 주머니에서 작은 봉투를 꺼내 담배를 피워도 되느냐고 물었다. 테라스에는 커다란 재떨이가 두 개 있었기에 나는 턱짓으로 레몬밤 화분 옆에 놓인 작은 재떨이를 가리켰다.

장은 작은 종이에 담뱃잎을 말기 시작했다. 그의 설명에 따르면 담배가 너무 비싸서 이런 식의 대안을 찾았다고 했다. 실제로 프랑스의 담뱃값은 무척 비싸다. 장은 섬세한 손길로 담배를 말더니 가장자리에 침을 발라 종이를 붙였다. 필터 없는 궐련이 완성되었다. 그는 그걸 내게 내밀었다. 아니, 난 담배 안 피워, 라고 대답하려다가 나는 마음을 바꾸어 이렇게 덧붙였다. 메 푸르쿠아 파?Mais pourquoi pas? 하지만 안 될 게 뭐겠어? 나는 그 담배를 받아들었고, 장이 자기가 피울 담배를 말 때까지 기다렸다가 역시 그가 붙여주는 불을 조심스럽게 빨아들였다. 평생 세 번째쯤 되는 담배였다. 나는 필터 없는 그 담배를 손가락으로 잡는 부분만 남기고 맛있게 피웠다. 함께 피우니 말없이 대화하는 느낌이 들었다.

그 후 며칠 동안 나는 나를 대하는 아마르의 태도가 전과 다르다는 것을 느끼지 않을 수 없었다. 그는 내게 먼저 말을 걸지 않았고, 문 앞에서 부딪쳐도 화난 듯 입을 꾹 다물고 인사 대신 고갯짓만 하고 자리를 떴다. 그런 아마르에게 신경이 쓰이기 시작하고도 이틀인가 지났을 무렵 나는 마침내 긴 자루가 달린 황동 포트 안을 티스푼으로 젓고 있는 아마르와 이야기를 나눌 기회를 잡을 수 있었다. 오랜만인걸. 네가 커피 끓이는 걸 보는 건 즐거워. 모카 포트나 커피 메이커보다 이 제르베라는 물건이 훨씬 운치 있는 것 같아. 긴 자루를 행주로 감싸는 것도 마음에 들어. 나는 아마르와 대화를 이어가고 싶어서 장황하게 말을 건넸다. 그래도 아마르는 굳은 입매를 풀지 않았다. 안에 커피만 넣나? 어느 정도의 굵기로 갈아야 해? 맛은 어때? 에스프레소보다 강한가? 그렇게 몇 마디를 더 던지자 아마르는 말없이 찬장에서 잔을 하나 더 꺼내더니 자기 것을 따르기 전에 잔을 채워 내게 밀어놓았다. 직접 마셔봐!

커피 자체는 맛있었다. 쓴맛과 고소함, 약간의 신맛을 품은 예가체프 콩의 풍미가 충분히 우러나 있었다. 다만 진해도 맑은 커피를 좋아하는 내 취향에는 너무 탁했다. 음, 그렇다면 가라앉혀서 마시면 되는데, 하지만 이 맛에 익숙해지면 나중에는 입안에 들어온 커피 가루를 씹는 걸 즐기게 되지. 마침내 아마르가 입을 열었고, 나는 왠지 우리가 오랜만에 보는 것 같다고, 그동안 어떻게 지냈느냐고 물었다. 모레 저녁 아내가 콜레주에 도착해. 그 준비하느라 바빴어. 그러면서 그는 장과 내가 전부터 아는 사이였느냐고 물었다. 장? 무슨 장? 아, 저번 날 네가 데려와 갖은 음식을 먹이고 만나는 동료마다 인사를 시키고 함께 포도주병을 비우고 담배를 피워대고 밤늦도록 깔깔거린 그 젊은이 말이야. 앗, 이게 무슨 과장이람. 그리고 이 비꼬는 듯한 말투는? 이윽고 내 입가에 웃음이 번졌다. 그 마뜩잖아하는 아마르의 말투로 나는 그가 왜 그렇게 부루퉁한 태도로 나를 대했는지 깨달았던 것이다. 그날 처음 만난 아를국립사진학교 학생이야. 콜레주 사진사인 장이 내 사진을 찍겠다고 해서. 쉬잔도 그다음 날 그와 사진을 찍었다던데? 그런데 넌 그를 만난 첫날 그가 말아주는 담배를 서슴없이 피웠단 말야? 아마르가 힐난하듯 물었다. 아무래도 내가 그래서는 안 되었던 모양이다.

나중에 들은 바에 따르면 아내를 맞이하기 위한 아마르의 준비는 크게 두 가지였다. 우선 그는 엄청난 양의 빨래를 했다. 그동안 빨래를 하지 않고 미뤄둔 모양이었다. 그가 자신의 차로 이곳에 왔다는 걸 감안하면 그렇게 많은 옷의 양이 설명되었다. 세탁실 바구니에 놓인 엄청난 양의 아마르 빨래 때문에 이틀 동안 어느 누구도 세탁기와 건조기를 사용할 수 없었노라고 아고타가 말해주었다. 아내를 맞기 위해 아마르는 자기 방을 청소하고 시트를 바꿨으며 밀린 빨래를 했다. 그러고는 차곡차곡 장을 보았다. 자기 칸이 모자란다고 생선 한 마리를 내 칸에 넣어줄 수 있느냐고 물었던 것도 그래서였다. 여자 친구가 아니라 아내를 맞기 위해 이런 수고를 하다니. 나는 얼굴도 본 적이 없는 그의 아내가 슬그머니 부러워졌고, 아마르가 더 좋아졌다.

마침내 아마르의 아내가 왔다. 아마르는 내게 선물이라며 황동으로 된 일인용 제르베를 내밀었다. 여기서 살 수 없는 건데 네가 갖고 싶어 하는 거 같아서 아내에게 출발 전에 사서 갖고 오라고 했어. 오, 고마워. 아마르. 천만에, 몽 셰르 아봉다망Mon cher abondamment. 나의 친애하는 아봉다망. 류블랴나의 어느 터키 상점에서 샀다는 그 제르베로 나는 서울에서 이따금 터키식 커피를 끓인다. 아마르가 가르쳐준 대로 끓기 시작할 때 설탕을 조금 넣는 것을 잊지 않고.

장의 사진은 내가 서울로 돌아오고 나서야 도착했다. 따로 마감이 있는 것은 아니었으니 서두를 게 없었고, 장은 학교 공부와 아르바이트를 계속해야 했으며, 무엇보다 그가 번다하고 피 끓는 젊음이어서였다. 이메일로 온 사진들 중에서 나는 골목길 바닥에 고양이와 따로 또 같이 덤덤히 앉아 있는 사진이 가장 마음에 들었다. 하지만 장은 거리와 구도와 자신의 의도를 고려할 때 머리카락이 아무렇게나 뻗치고, 지는 햇빛에 작은 눈을 다 뜨지 못한 다른 사진이 좋다고 했다. 콜레주 복도에 어떤 사진이 걸리든 나로서는 크게 상관이 없었으므로 나는 그의 의견에 반대하지 않았다. 어쨌든 사진 찍히는 그 순간 내가 한 생각은 누군가와 공유할 수 있는 게 아니니까. 참, 그 사진에는 불면의 흔적이 고스란히 드러나 있었다.

바벨 피시와 함께라면

레카와 티보르

만약 상대가 말하는 외국어를 배우지 않은 채 바로 이해할 수 있다면 어떨까? 상대의 말을 다 알아들을 수 있다 해도, 그 대답으로 내가 하는 말을 상대가 알아듣는다는 보장이 없으니 여전히 불완전한 소통으로 남을 것이다. 하지만 그렇다 해도 구글 번역기보다 훨씬 성능 좋은 도구를 헤드셋에 장착하고 어떤 언어든 상대의 말을 이해할 수 있다면, 그렇다면 어떨까? 조르주 페렉과 이스마일 카다레를 영어로 번역한 데이비드 벨로스는 『내 귀에 바벨 피시』라는 번역에 관한 흥미로운 책에서 번역이 없다면 우리는 가구 조립 하나 할 수 없을 거라고 말한다. 그 책에서 그는 『은하수를 여행하는 히치하이커를 위한 안내서』에 나오는 '바벨 피시'를 불러낸다. 이 작은 물고기는 사람의 뇌 속을 유영하며 살아가는데, 말하는 사람의 뇌파를 먹고 듣는 이의 뇌 속에 배설물을 남긴다. 그래서 바벨 피시를 뇌 속에 넣고 다니는 사람은 자신이 듣는 어떤 언어든 해독할 수 있게 된다.

레카는 부다페스트의 어느 미술관에서 일하는 큐레이터였고, 하고 있는 작업은 자크 데리다Jacques Derrida, 1930~2004였다. 30대로 키와 몸집이 몹시 컸는데, 그럼에도 왠지 토실토실한 아기

119

같은 느낌을 주었다. 어느 날 나는 근처 마트에서 그녀를 만났다. 그때 그녀가 한 자루의 감자에서 반을 삶아 커다란 볼에 넣고 으깨 만든 감자 요리를 한 끼에 다 먹는 것을 보고 충격을 받았다. 그런 폭식을 한 다음이면 그녀는 자신을 자책하면서 며칠 동안 샐러드만 먹는 것 같았다. 커다란 볼 가득 담긴 샐러드를 소스도 없이 먹고 있는 그녀의 모습을 종종 볼 수 있었다.

몸집에 어울리지 않게 레카는 상당히 예민했다. 세척기에서 나온 수저에 뭐가 조금이라도 붙어 있으면 신경질적으로 개수대에 내팽개쳤고, 아래층 현관에 있어야 할 공동 자전거가 늘 제자리에 없다고 투덜거렸으며, 감은 머리를 말리지 않은 채 식당으로 나와서는 바람이 들어온다며 베란다로 통하는 문을 쾅 소리 내며 닫았다. 그녀는 콜레주에서 내가 되도록 자주 부딪치지 않기로 마음을 정해놓은 유일한 동료였다. 언젠가 작은 파티가 벌어진 날, 도서관에서 일하던 자신을 불러냈다며 신경질 내는 모습을 본 이후로는.

같은 헝가리인 번역자 아고타는 아마도 레카가 외동으로 자라서 그런 모양이라고, 우리가 이해해주자고 감쌌다. 아고타의 말에도 일리가 있었다. 레카는 겉으로 그렇게 보이진 않았지만 상당히 깔끔했다. 세탁실을 가장 빈번히 사용하는 사람도 그녀였고, 방 안 청소에 공동 청소기를 동원한 사람도 그녀가 유일했다. 나는 장에서 산 빗자루로 이틀에 한 번 정도 창문을 활짝 열고 먼지를 쓸어냈을 뿐 청소에 별 신경을 쓰지 않았다. 다행히 시트는 공용 시트실에서 원하는 대로 가져올 수 있었으므로 일주일에 두 차례 침대 시트를 가는 것으로 족했다. 그녀가 자기 방으로 나를 초대했을 때 나는 그녀의 탁자 위에 먼지 한 점 없는 것을 보고 놀랐다. 보통 각 방의 탁자는 검은색이어서 유독 먼지가 눈에 띄었고, 내 탁자 뒤편에는 언제나 약간의 먼지가 쌓여 있는 게 자연스러웠는데 말이다.

레카는 대하기에 별로 유쾌한 유형이 아니었다. 물려받은 아파트에 괜찮은 직업을 갖고 있었음에도 그녀는 절약해서 살아야 한다는 강박관념을 갖고 있었다. 그건 헝가리의 나쁜 경제 상황 때문이라기보다 레카의 개인적인 성격 때문이었다. 동향인인 아고타는 전혀 그렇지 않았다. 나는 레카에게서 공감대를 찾을 수 없었다. 우연히 그녀와 단둘이 저녁을 먹게 되었을 때 내가 자크 데리다 애기를 꺼낸 건 그래서였다.

데리다의 뭘 번역하고 있는데? 『그라마톨로지』. 그 어려운 걸? 6호실의 티보르가 데리다 전문 번역자라고 하던데? 응, 그 사람 우리 나라에서 유명해. 반면 나는 이번에 처음으로 번역을 시작했고. 첫 번역으로 데리다를 한단 말이야? 응, 작년에 어떤 인터뷰 기사를 읽고 머릿속이 밝아지는 기분이었거든. 나는 놀랐다. 역시 사람은 겉으로 판단해선 안 되는 법. 1989년 캘리포니아 인터뷰 말이지? 내가 그 인터뷰에 대해 알고 있다는 사실에 이번에는 그녀가 놀란 듯했다. 사실 그 인터뷰는 정말이지 인상적이었다. "철학적인 관심사 이전에 줄곧 관심을 가져온" "문학이라 불리는 이상한 제도"에 대해 간곡하고 섬세하며 적확하게 짚어낸, 지독히 문학적인 그 인터뷰 이후에 데리다는 푸코를 제치고 내 제단에 올랐다. 내면의 다중 독백에 관해 설명하는 그의 어조는 애달플 정도로 간곡해서 나는 "모든 것을 말할 수 있게 해주는 이상한 제도"로서의 문학 안에 있음에 안도했다.

또한 데리다는 베냐민의 언어론과 번역론의 핵심을 꿰뚫는 해석으로 보여준다. 바벨탑 이후 언어는 번역되지 않으면 이해되지 못한다. 그러나 베냐민에 의하면 "언제나 번역되지 못한 채 남아 있는 것이 있다. 번역은 본질적 언어의 문제, 단순히 원본을 충실히 복제하는 것이 아니라 전달할 수 없는 것, 숨겨진 것을 향하는 것과 관련한다".

우리는 대화에 빠져 티보르가 탁자 옆에 서서 우리의 대화에 귀를 기울이고 있는 것을 나중에야 알아차렸다. 그는 꽤 오랫동안 내 뒤에 서서 이야기를 듣고 있었던 모양이다. 어쩌면 레카가 아무리 이해 안 되는 구절이 있어도 티보르에게는 물어보지 않겠다고 한 말까지 들었을지도 몰랐다. 60대 초반으로 보이는 그는 머리카락이 반백임에도 왠지 청년을 연상시키는 반짝이는 눈빛과 경쾌한 품새를 지니고 있었다. 복도를 지나면서 흥얼거리는 노랫소리도 듣기 좋았다. 그는 여섯 권의 데리다를 헝가리어로 번역한 데리다 전문 번역자였는데, 데리다가 화제에 오를 때조차도 상대의 장황한 말을 중간에 끊는 법이 없었다. 그날 우리는 어둑해질 무렵까지 테라스를 뜨지 않았다.

어둠이 내리기 시작한 아를의 하늘에 작은 새들이 놀라운 속도로 날아다녔다. 작고 날쌘 수많은 새로 하늘이 잠깐씩 어두워졌다. 저건 제비가 아니야. 아, 그래? 난 제비의 한 종류인 줄 알았는

데? 아냐, 저건 이롱델hirondelle, 제비이 아니라 마티네트martinet, 칼새
야. 그러면서 티보르는 이렇게 덧붙였다. 칼새들은 절대로 땅 위
에 앉지 않아. 쏜살같이 공중을 가로지르면서 그 비행 속에서 쉴
뿐이야. 정말? 과연 그렇게 많은 칼새가 하늘을 채우고 있었음에
도 지붕이나 땅 위에 앉아 있는 칼새의 모습은 찾아볼 수 없었다.
바로 그 이유 때문에 그렇게 하늘을 가득 채울 수 있었던 것이다.
와, 그거 무척 영웅적인걸. 옆 탁자에 있던 쉬잔이 말했다. 그러자
레카가 예민하게 미간을 찌푸리며 반박했다. 영웅적이라고? 내가
보기에 그건 피학적인 것 같은데? 칼새의 생리에 대해서도 이렇
게 다른 관점이 있을 수 있다. 이윽고 하늘이 완전히 어두워졌고
칼새들은 어디론가 사라졌다.
　　이후 나는 레카와 티보르가 식당에서 고개를 맞대고 대화에
열중하는 모습을 여러 차례 보았다. 레카가 생각을 바꿔 티보르
와 번역을 의논하기로 한 모양이었다. 레카의 얼굴에서는 웃음이
많아졌고, 그녀의 특징이라고 생각했던 예민하고 성마른 듯한 표
정도 자취를 감추었다. 어느 날 테라스에서 그녀는 굳이 내게로
걸어오더니 자신은 티보르가 마음에 든다고 말했다. 영화나 음
악 취향도 비슷하고, 다음 주에는 함께 마르세유에 가기로 했다
는 것이다. 그럼 두 사람 사귀는 거야? 내가 묻자 그녀는 애매한
미소를 지었다. 음, 네가 사귀기에 티보르 나이가 좀 많은 게 아닐
까? 그러자 레카는 예의 그 예민한 표정으로 미간을 찌푸리며 말
했다. 다음 달에 여기로 올 지금 내 남자 친구 나이도 티보르와
비슷한걸? 문제는 나이 차이가 아니었다.

두 사람 사이가 어떻게 진전되었는지 나는 잘 모르겠다. 내가 아는 건 한 달여 동안 레카가 무척 행복해 보였다는 사실 뿐이다. 티보르가 떠나고 나자 그녀의 우울한 표정은 다시 돌아왔다. 혼잣말로 투덜거리는 소리도 들을 수 있었다. 우연히 티보르의 출발에 맞추어 아날리나가 콜레주에 도착해 나는 그녀와 어울리느라 아주 바쁘게 보냈다. 레카가 어떻게 지내는지 티보르와 어떻게 하기로 한 건지 차분히 물어볼 시간도 없었다. 이따금 부딪치는 레카의 어두운 표정에 지레 질려서 물어보지 못했던 것 같기도 하다. 그러던 어느 날 레카의 남자 친구가 넥타이까지 단정히 맨 정장 차림으로 도착했다. 콜레주에서는 드물게 보는 과하게 말끔한 차림새였다.

입고 있는 옷처럼 그의 태도 또한 진중하고 클래식했다. 그에게는 레카를 압도하는 무엇이 있었다. 과묵하지만 늘 웃는 듯한 묘한 인상의 그에게는 자기 행동을 통제할 줄 아는 사람이 보여주는 안정감이 있었다. 사실 나는 레카가 티보르와 있을 때 그 둘이 좋은 연인이 될 거라고 생각했다. 레카의 말에 따르면 2년을 사귀면서도 자신의 아파트에 스웨터 하나만을 가져다놓은, 지나치게 깔끔하고 냉정한 현재의 남자 친구보다는. 그런데 그 남자 친구가 '여기'에 도착하자 두 사람의 모습도 묘하게 어울린다는 것을 인정하지 않을 수 없었다. 레카 역시 티보르와의 만남을 빠르게 잊어가는 듯했다. 그녀는 꼭 그럴 필요가 없었음에도 동료들에게 그를 자신의 남자 친구라고 소개했다.

두 사람은 거의 매일 함께 식사 준비를 했다. 레카는 못 보던

앞치마까지 두르고 있었다. 몸집이 큰 두 사람이 주방을 왔다 갔다 하는 모습에 얼마 전까지 레카 옆에 있던 티보르의 모습이 겹쳤다. 나는 얼른 그런 기억을 떨쳐냈다. 누군가의 수아레 준비를 돕느라 아주 바빴던 어느 날, 나는 레카의 남자 친구에게 포도주 마개를 따달라고 부탁했다. 하얀 셔츠에 넥타이를 단정히 맨 차림으로 그는 흔쾌히 내 부탁을 들어주었다. 노련하고 효율적인 손놀림에 코르크가 뽑혀 나오고 녹색 병 입구에서 갇혀 있던 포도주의 기운이 피어올랐다. 티보르에게는 미안했지만 나는 점점 그의 편이 되어갔다.

내가 그에게 코르크 마개 따기를 부탁하는 횟수가 많아져서였을까. 그 답례로 장에서 사온 복숭아를 건네서였을까. 레카가 식당에 있는 내게로 다가와 나지막한 어조로 물었다. 혹시 내 남자 친구한테 티보르에 대해 얘기했어? 그러니까 나와 티보르에 대해서 말이야. 아니. 왜 그런 걸 물어? 음, 혹시 오해가 있을까 봐서. 나와 티보르가 자주 어울린 건 데리다 번역 때문이었어. 데리다 전문가인 그에게 물어볼 게 많았거든. 아, 그래? 그랬겠구나. 고개를 끄덕이는 내게 레카는 묻지도 않은 말을 덧붙였다. 나 티보르랑 자지 않았어!

기분 좋은 피로, 가벼운 취기, 황금 같은 침묵

아고타

아를에서 가장 시원한 곳은 구시가와 외곽을 이어주는 트랑크타유 다리 위다. 일주일에 두세 차례 요가를 하러 건너던 그 다리 위에서 나는 근처 헬스장에 다녀오는 아고타를 만났고, 그녀에게 내 요가 선생을 소개했다. 아고타는 헬스장 가는 일을 그만두었다. 내가 그곳을 떠나올 때까지 우리는 함께 요가를 다녔다.

아고타의 직업은 영어 교사였다. 부다페스트의 학원에서 영어를 가르친다고 했다. 그리고 처음으로 프랑스 동화를 번역 중이라고 했다. 내 최초의 번역 작업이 뤼시앵 로장블라의 동화였다고 말하자, 아고타는 자신도 아는 작가라며 반가워했다. 그녀의 남편은 미국인이었고, 여동생의 남자 친구는 일본인이라고 했다. 그런데 여동생이 최근 암 선고를 받았다며, 자신은 동생이 죽을까 봐 너무 걱정스럽다고 털어놓았다. 나는 그녀에게 내가 얼마 전 사랑하는 동생을 잃었다는 사실을 알려주었다.

그런 공통점 때문이었을까. 콜레주에서 아고타와 나는 거의 단짝이 되었다. 특별히 약속한 건 아니라도 눈에 띄면 같이 밥을 먹었고 함께 장을 보았으며 틈날 때마다 수다를 즐겼다. 저녁에는 영화를 보고 아이스크림을 먹으며 콜레주로 돌아오곤 했다. 우리는 번역에 대해서가 아니라 삶에 대해서, 좋아하는 영화에 대해서, 남자들에 대해서, 장에서 산 원피스에 대해서 이야기했다. 식당에서 이야기를 하다가 방으로 자리를 옮겨 가져온 옷을 모두 꺼내 입어보고 서로의 화장품을 발라보기도 했다. 가족만큼 미덥고 오랜 친구만큼 편안했다. 그녀는 나에게 자신의 감정선에 특이한 점이 있는 것 같다고, 혹시 비정상이 아닌지 모르겠다고 걱정했고, 나는 자신의 비정상에 대해 털어놓는 그녀가 비정상적으로 좋아서 내 안의 비정상을 뒤져보았다. 그동안 닫아둔 마음속의 어느 방문을 열고 그녀를 들인 기분이었다. 가까운 친구에게도 못했던 얘기들이 그녀에게는 자연스럽게 풀리는 것이 신기했다.

요가 선생 집에서 나와 외곽 도로가 시작되는 지점쯤에 목요일마다 오는 피자 트럭이 있었다. 우리는 가는 길에 피자를 두 판 주문해놓고 돌아오면서 찾아오는 식으로 그날 저녁을 해결했는데, 그 피자는 정말 너무 맛있어서 한 조각 먹어본 콜레주의 동료들이 애처로운 눈빛으로 부탁을 하는 바람에 대개 서너 판을 더 사서 날라야 할 정도였다. 콜레주에 도착하자마자 땀에 흠씬 젖은 몸을 재빨리 씻고 폭풍 흡입했던 그 맛있는 피자와 맥주 한 잔! 나중에 우리는 그 피자 아저씨를 설득해서 콜레주에서 가까운 여름 공원 옆에 2주일에 한 번씩 오게 하는 데 성공했다. 그런데 매주가 아니어서 그런지 정작 거리가 가까운 데도 그곳에 가는 일은 쉽지 않았고 일부러 가도 그를 만나기란 쉽지 않았다. 어느 날 나는 그에게 그냥 그의 페이스대로 그가 원하는 곳에서 장사를 하는 게 좋겠다고 말했다. 그는 웃었고, 그렇잖아도 여름 공원 앞에는 자신의 동향인 다른 이탈리아인이 매주 두 차례 간다며, 그의 피자도 훌륭하다고 말했다.

아고타는 동료들에 대해 적확한 판단을 갖고 있으면서도 그들을 배려했다. 특히 같은 헝가리인으로 자기보다 두 살 어린 레카의 예민함을 이해하고 감싸주기도 했다. 레카는 아고타가 자기를 제쳐두고 나와 지나칠 정도로 가깝게 지내자 어이없어하며 성마른 반응을 보이기도 했다. 아고타가 레카의 예민함과 과도함을 결정적으로 감싸준 것은 아마르와의 나들이 후였다. 그 나들이에 레카를 데려가는 것은 원래 아마르의 의도가 아니었다. 슬로베니아에서 가져온 자동차를 근처 주차장에 세워두고 있던 아마르가 나와 아고타에게 근처 해변에서 한나절 보내고 오자고 제안했다. 그러자 아고타가 자리가 하나 남으니 레카도 같이 가면 어떻겠느냐고 물었던 것이다.

소풍은 즐거웠다. 아고타가 조수석에 앉아 길 찾는 것을 도왔으므로, 나는 레카와 뒷좌석에 앉아서 꼭 필요한 경우를 제외하고는 차창 밖 풍경을 바라보며 편안하게 상념에 잠길 수 있었다. 우리는 특별한 종류의 새우가 서식해 온통 붉은빛으로 덮인 기묘한 바다를 보았고, 믿어지지 않을 정도로 잘 가꿔진 정원이 딸린 저택 뒤뜰에서 커피를 마셨다. 작은 개천 위에 걸려 있던 예쁜 도개교들. 아마르가 몇 차례 길을 잘못 들긴 했지만 조수석에 지도를 펴고 앉은 듬직한 아고타가 있어서 나는 별반 신경 쓰지 않았고, 실제로 차는 곧 제 길로 들어섰다. 마침내 넓은 바다가 펼쳐졌을 때에는 나도 모르게 환호성이 나왔다. 우리는 차를 세우고 모래사장으로 달려가 그곳에서 두 시간쯤 머물며 해수욕을 했다. 특히 레카는 거의 물속에서 나오지 않을 정도로 수영을 즐겼다.

문제가 생긴 것은 콜레주로 돌아오는 길에서였다. 우리는 배가 고팠고 몹시 피곤했다. 차 안에서 나는 레카에게 적당한 식당을 찾아 아마르에게 저녁을 사는 게 어떻겠느냐고 물었다. 레카는 그럴 생각이 없다며 거절했다. 그래서 나는 다른 방법으로 아마르에게 고마움을 표하기로 하고 아고타에게는 아무 말도 하지 않은 채 곧장 콜레주로 돌아왔다. 혹시 아고타가 내 제안에 동의한다 해도 셋만 식당으로 갈 수는 없었으니까. 차에서 내리며 우리는 아마르에게 고맙다고, 운전하느라 힘들었겠다고, 덕분에 좋은 하루를 보냈노라고 감사를 표했다. 그런데 놀랍게도 아마르가 이렇게 대답하는 것이 아닌가. 뭐 그러면 저녁 식사를 준비해주든지.

이 말을 들은 레카의 표정이 어찌나 험악해졌는지 나는 그녀가 당장이라도 싸움을 벌이는 게 아닐까 불안했다. 다행히 그녀는 아무 말도 하지 않은 채 굳은 표정으로 성큼성큼 걸어 자기 방으로 들어가버렸다. 쾅 하고 문 닫히는 소리가 들렸다. 나는 아고타와 함께 냉장고 속 재료를 살펴보고 저녁을 준비하기 시작했다. 사실 이번만큼은 나도 레카에게 동의했다. 고령의 남자라는 것을 감안하더라도 이렇게 노골적으로 호의에 대한 즉각적인 보상을 요구하다니. 하지만 영 이해 못할 일도 아니었다. 나는 세 사람분의 냉동 새우를 덜어내어 버터에 볶기 시작했고, 아고타는 샐러드와 페스토를 준비했다.

아고타가 만드는 페스토는 일품이었다. 언젠가 그 페스토에 버무린 샐러드를 먹어본 후로 나는 그녀에게 만드는 법을 자세하게 물었다. 우선 좋은 바질이 필요해. 아고타는 장을 무척 신중하게 보는 편이었다. 질 좋은 바질과 잣, 올리브유만 있으면 반은 성공이라고 했다. 그렇다, 요리는 장보기에서 시작된다. 그리고 그녀는 잣을 찧는 데 작은 돌절구를 썼다. 찧은 바질과 구운 잣, 신선한 올리브유로 만들어진 아고타의 페스토는 나로 하여금 페스토의 세계에 눈뜨게 해주었다. 식탁에는 세 그릇의 아고타표 샐러드와 파스타가 놓였고, 아마르는 언제나처럼 그 위에 치즈를 갈았다.

저녁을 먹으면서 우리는 레카가 화제에 오르지 않도록 조심했다. 아고타가 자신의 번역 얘기를 꺼낸 건 그런 화제의 공백을 메우기 위해서였을 것이다. 지금 하고 있는 동화의 번역을 맡은 지 1년이 지났는데 줄곧 기한을 연기해왔고, 이제는 그 일을 해낼 수 있을지조차 자신이 없다고. 사실 자신은 어떻게 해서든 그 일을 마무리하려고 이곳에 온 거라고. 이렇게 놀러 다니는 대신 도서실에 틀어박혀 일을 해야 하는데 그러지 않는 자신에게 화가 난다고. 그런데 정말이지 자신이 그 번역을 완성할 수 있을지 확신할 수 없다고. 기한을 자꾸 미룬 건 그래서였는지도 모른다고. 그러면서 그녀는 벅찬 텍스트를 만났을 때 어떻게 하는지 우리에게 물었다. 기한을 벌써 두 번이나 어겼는데, 이번에도 지키지 못할 것 같아서 걱정이야.

그러자 아마르가 엄한 눈빛으로 아고타를 쏘아보며 단호하게 말했다. 넌 무엇보다도 그 일을 끝내야 해. 그 일이 능력 밖이라면 어떤 손해라도 감수하고 그 일을 돌려보내야 하고, 그렇지 않고 게으름 때문에 기한을 어기는 거라면 자신을 제대로 채찍질해야 해. 원고 기한을 어긴 필자들이 늘어나는 것만으로도 작은 출판사는 망할 수 있어. 나는 기한을 두 번 이상 어긴 저자나 번역자와 다시는 일 안 해. 기본을 지키지 않는 사람과 어떻게 일을 할 수 있겠어? 아마르에게는 그런 면이 있었다. 우리가 넘지 않으려는 예의의 어떤 선 안으로 훌쩍 발을 내딛는 용기 같은 것이.

하지만 텍스트와 번역자와의 관계는 원고의 기한을 맞추는 일보다 더 중요하다. 번역의 윤리는 번역자의 태도에서 나온다고 나는 믿는다. 다시 조르주 무냉을 불러오자면, 번역자가 '채색 유리'로 문장 속에 끼워져 있는가, 유창한 가독성을 위해 '투명 유리'처럼 눈에 보이지 않는가 하는 것은 엄밀히 말해 본질적인 '윤리'의 문제가 아니다. 다시 말하자면 두 종류의 유리 모두 윤리적일 수 있다. 로런스 베누티Lawrence Venuti, 1953~는 번역자의 자리에 대해 말하면서 이렇게 묻는다. "투명한 필터 정도로밖에 인식되지 못하는 번역자가 어떻게 도착 언어로 원본을 재구성하는가." 그러니까 베누티에 의하면 번역자는 결코 사라져서는 안 될 존재다. 겸손과 자부심으로 무장하고 출발어와 도착어의 차이에 주목하면서 홀로 말의 봇짐을 지고 그 무게를 견딘다. 이국어의 문장이 아니라 그 안에 담긴 문화와 정체성을 환기하면서 자신의 언어로 데려온다.

나는 그 자리에서 아고타에게 번역을 할 때 텍스트를 고르는 일의 중요함에 대해 알려주고 싶었다. 요컨대 번역자 자신과 편집자를 위해서, 무엇보다 독자를 위해서 자신이 맡을 수 있는 원전인지 확인해야 한다고 말이다. 혹시 너무 벅찬 텍스트를 만났을 때는? 자신의 수준이 그 텍스트에 맞을 때까지 스스로를 채찍질하든가 포기하든가 외에 다른 방법이 없다. 삶이 그런 것처럼.

그날, 아마르가 그렇게 말한 이후 우리 세 사람의 저녁 식탁 분위기는 줄곧 냉랭했다. 아마르는 심각한 표정을 풀지 않았고 아고타의 표정은 눈에 띄게 어두워졌다. 그리고 나는 뭔가 가벼운 농담으로 분위기를 밝게 하고 싶은 생각이 없었다. 우리의 침묵 속에는 그날 아마르 자신도 알고 있었을 몇 번의 교통법규 위반, 어색한 저녁 식사 제안, 쾅 소리 나게 닫힌 레카의 방문, 해결해야 할 아고타의 작업 같은 것들이 해수욕 후의 피로와 가벼운 취기와 더불어 떠돌고 있었다. 우리 셋은 그 침묵을 존중하며 말없이 그릇을 비웠다. 설거지를 마치고 방으로 돌아가면서 나는 아고타의 손을 찾아 쥐었다. 그 누구보다 너 자신을 믿어야 해. 너는 그 책에 대해 저자만큼 잘 아는, 그 책의 번역자야.

아마르의 매운 충고는 효과가 있었다. 다음 날 아고타는 아침 일찍 도서실에 모습을 나타냈다. 그다음 날도.

"왜 그 누구도 아닌 이 한 사람인가?"

제르멘

내가 제르멘을 보고 집시의 피가 흐를 거라고 속단했던 건 그녀의 화장법 때문인 것 같다. 대개의 여자 번역자와 달리 제르멘의 화장은 상당히 진했다. 입술은 항상 빨갛게 물들어 있었고, 볼에는 반짝이는 핑크색 블러셔가 발라져 있었으며 무엇보다 두 눈에는 진하고 두꺼운 검은색 아이라인이 폐곡선을 그리며 꼼꼼하게 칠해져 있었다. 검고 꼬불거리는 긴 머리에 한쪽이 트인 치마를 입은 그녀의 모습에서 누구든 집시 여인의 모습을 떠올리지 않았을까?

난 프랑스인이야. 파리에서 태어났거든. 아버지는 프랑스인, 어머니는 폴란드인이고. 그녀는 항상 자신에 대해 과하지 않을 정도로 솔직했다. 이혼했어. 내가 요구했지. 20년을 살고 보니 내가 그 사람을 너무 오래 부양해온 것 같은 느낌이 들더라고. 정신적, 경제적으로 말이야. 아들 하나가 있고 이제 다 컸어. 사진 공부를 하고 그걸로 밥벌이를 하고 있지. 음, 번역? 난 심보르스카를 번역했어. 그녀가 노벨상을 수상하기 전부터. 그녀의 고향 쿠르니크 옆 포즈난은 바로 우리 어머니의 고향이기도 해.

나는 눈을 빛냈다. 아, 비스와바 심보르스카. 때는 2013년 여름이었고, 한 해 전 심보르스카는 폐암으로 세상을 떠났다. 삶의 정곡을 찌르는 그녀의 시 「경이로움」(『끝과 시작』, 최성은 옮김, 문학과지성사, 참고)은 정말 얼마나 경이로운 시인지!

왜 그 누구도 아닌 이 한 사람인가?

나머지 다른 이들 모두가 아니라 왜 오직 이 사람인 이유는 무엇인가?

나 여기서 뭘 하고 있나?

수많은 날들 가운데 하필이면 화요일에?

새들의 둥지가 아닌 사람의 집에서?

비늘이 아닌 피부로 숨을 쉬면서?

잎사귀가 아니라 얼굴 거죽을 덮어쓰고서?

어째서 내 생은 단 한 번뿐인가?

무슨 이유로 바로 여기, 지구에 착륙한 걸까? 이 작은 혹성에?

얼마나 오랜 시간 동안 나 여기 없었던 걸까?

모든 시간을 가로질러 왜 하필 지금인가?

모든 수평선을 뛰어넘어 어째서 여기까지 왔을까?

무엇 때문에 천인도 아니고, 강장동물도 아니고, 해조류도 아닌 걸까?

무슨 사연으로 단단한 뼈와 뜨거운 피를 가졌을까?

나 자신을 나로 채운 건 과연 무엇일까?

왜 하필 어제도 아니고 백 년 전도 아닌 바로 지금

왜 하필 옆자리도 아니고 지구 반대편도 아닌 바로 이곳에 앉아서

어두운 구석을 뚫어지게 응시하며

영원히 끝나지 않을 독백을 읊조리고 있는 걸까?

고개를 빳빳이 세우고 으르렁대는 성난 강아지처럼.

삶이라는 필연적인 우연을 이토록 적확하게 짚어내다니. 제르멘이 이 시집을 번역한 것은 아니었지만 그녀는 물론 이 시들을 알고 있었고, 우리는 함께 시를 읊조렸다. 나는 한국어로, 그녀는 처음에 프랑스어로, 이어 폴란드어로. 번역이나 통역 일을 하는 사람이 이쪽저쪽 언어 사용자를 부모로 갖는 일은 굉장한 행운이다. 그런 점에서 제르멘은 행운아였고, 그 행운을 가져 마땅할 만큼 자신의 저자를 좋아했다.

난 정말 심보르스카가 좋아. 이런 저자를 만났다는 데 감사해. 책이 많이 나가지 않아서 인세가 덜 들어와도 상관없어. 어쨌든 그녀가 노벨상을 받은 이후로는 상황이 한결 나아지기도 했고. 이런 저자와 함께할 수 있어서 행운이라고 생각해. 크라코브에서 그녀를 만났을 때 얼마나 기뻤는지. 시와 삶이 일치하는 한 인간과 이승의 한 순간을 같이할 수 있어서, 그녀의 시를 번역할 수 있어서 참 행복했어. 그녀의 담배 연기조차 향기롭더라니까. 나도 그녀의 심정을 이해했어. 물론 나라면 담배 연기는 별개였을 테지만. 그러면서 제르멘은 1호실의 안제이와 심보르스카가 막역한 친구 사이 같았다고 왠지 목소리를 낮추며 말했다. 그리고 보니 안제이도 폴란드인이었고 크라코브에 살고 있었다. 이제는 잊었지만 그가 자기 집에 심보르스카를 초대했을 때 벌어진 에피소드에 대해 들려준 기억이 났다.

　그렇게 좋아하는 저자를 만나다니. 내 경우는 엑토르 비앙시오티가 정말 좋았지만 그의 자전소설을 번역하는 건 고통스러웠거든. 그 아름다운 문장의 울림을 매순간 깨뜨리고 있는 듯한 느낌이 들더라고. 그가 메일에서 사용하는 단어 또한 얼마나 섬세하던지. 메일의 단락, 단어 사이의 행간까지 무슨 의미를 품고 있는 듯이 보였다니까. 그런데 전혀 다른 경우도 있어. 작품보다 저자가 나와 맞지 않는다고 느껴져 번역을 포기한 경우 말이야. 나는 그 얼마 전에 있었던 저자와의 에피소드를 제르멘에게 들려주기로 했다.

　아날리나로부터 교토에서 만나 얼굴 좀 보자는 메일을 받은 건 몇 년 전 봄이었다. 스위스에서 교토까지 온 김에 바로 옆 동네에 있는 나를 만나고 싶지만 한국에 올 여건은 되지 않는다는 것이었다. 남자 친구 니콜로와 함께 교토에 한 달쯤 묵을 예정으로 집을 하나 얻었는데 방이 둘 비니 동행과 함께 와서 지내다 가면 어떻겠냐고 했다. 그동안 자신은 어떤 프랑스 소설을 인세 계약으로 독일어 번역했는데 그 책이 밀리언셀러가 되어 경제적으로 여유가 생겼다는 좋은 소식도 알려왔다. 그 책의 저자가 교토에 머물고 있어서 그녀를 보러 일본에 오게 되었다는 것이다. 그 저자의 다음 책 판매 역시 순조로울 것 같으니 저자를 알아두면 좋지 않겠느냐는 말도 덧붙였다.

　당시 나는 그 책에 대해 전혀 모르고 있었다. 그런데 나중에 알고 보니 우리말로도 번역이 되어 있었다. 프낙서적 및 음반 체인점에 주문해서 책을 받기에는 시간이 오래 걸릴 것 같아 나는 출판사에 연락해 원서를 손에 넣었다. 그런데 안타깝게도 내 취향의 책이 아니라 띄엄띄엄 읽었다. 책에 대한 홍미는 많이 가셨지만 나는 아날리나와 그녀의 30년 지기 남자 친구를 만나고 싶어서 그 여행을 하기로 했다.

그날 오사카의 간사이 공항에서 내려 셔틀을 타고 아날리나가 빌린 집이 있는 시시가타니까지 가는 길은 많이 막혔다. 나는 아를의 콜레주에서 처음 만나 몇 년 동안 이어진 우리의 우정에 대해 생각했다. 아날리나와의 관계가 과거에 묻히지 않을 수 있었던 것은, 한두 달에 한 번 반드시 소식을 전해주는 아날리나의 배려 덕택이었다. 콜레주에서 아무리 친했던 동료라도 연락하는 횟수가 점점 줄어들면 나중에는 마음속에만 남아 있게 된다. 나와 타티아나의 경우가 그랬다. 하지만 아날리나와는 언제나 현재형이었다. 그녀는 적절한 간격을 두고 메일을, 사진을 보내주었고 화상 통화 요청을 해왔다.

시시가타니의 렌트하우스에는 스시가 준비되어 있었다. 내 도착이 늦어져서 모두 배가 고픈 상태였다. 우리는 반가운 비주 bisou. 가벼운 입맞춤를 나누고 식탁에 앉았다. 아날리나의 남자 친구 니콜로와는 초면이었다. 그는 미용사였다. 나중에 그가 들려준 바에 의하면 그의 어머니 또한 미용사였다. 외아들이었던 그에게 어머니는 기대가 많아서 공부를 시키고 싶어 했는데 자신이 가위를 택했다고 했다. 눈빛에 진지함과 장난기가 어린 반백의 중년 남자.

그의 어떤 점이 내게 미국 드라마 NCIS의 주인공 '깁스'를 떠올리게 했는지 잘 모르겠다. 아마 흰머리와 푸른 눈에 담긴 선량함 때문이었을 것이다. 아무튼 소개받자마자 나는 내가 가장 좋아하는 깁스를 떠올렸고, 그러자 자연스럽게 '보스'라는 호칭이 흘러나왔다. 니콜로와 아날리나가 열 살 차이였고, 나와 아날리나가 다섯 살 차이였으니 충분히 그렇게 불러도 좋았다. 게다가 니콜로는 처음 보았을 때부터 푸근하고 모든 걸 다 맡겨도 될 것처럼 미덥게 여겨졌다. 첫날 그가 내게 은행을 자처하며 좋은 환율로 달러를 엔화로 바꿔주어서 그랬다는 것은 아니다.

나는 몇 해 전 가족들과 청수사를 위시해 근처의 관광지를 다녀간 적이 있었으므로 이번에는 훨씬 여유 있게 여기저기를 돌아다녔고 근처의 식당들을 들락거렸다. 사흘째 되는 날 나는 문제의 저자를 만났다. 시내의 아케이드에서 다가오는 그 여자를 멀리서 보는 것만으로도 나는 그 만남이 제대로 풀리지 않으리라는 것을 알 수 있었다. 그녀는 내 취향의 저자가 아니었다. 그녀에게도 내가 그랬으리라. 프랑스 그랑제콜을 나온 재원이자 이제 세계적인 베스트셀러의 저자로서 그녀의 어깨에는 잔뜩 힘이 들어가 있었다.

그녀가 우리에게 점심을 사겠다며 고른 식당은 놀랍도록 허름했다. 내공 있는 그런 소박함이 아니라 역 앞 뜨내기손님을 상대하는 값싼 분식집 같은 곳이었다. 내가 놀랐던 것은 그 식당의 규모가 작아서가 아니라 관광지 아케이드의 닳고 닳은 접객 태도와 지저분함 때문이었다. 나는 결국 메밀국수를 남겼다. 식사가 끝나자 그녀는 자신이 근처에 발 마사지를 예약해놓았으니 같이 가자고 했다. 마사지 숍 입구의 카운터에서 우리는 각자의 몫을 계산했다. 마사지를 받으며 그녀가 물었다. 내 책이 유독 한국에서만 반응이 신통찮은데 혹시 번역 때문은 아닐까? 자신은 번역의 질을 따질 수 없으니 내 생각을 들어보고 싶다고 했다. 그래서 나는 한국어판을 읽어보지 않아 잘 모르겠다고 대답했다. 저자가 마음에 들지 않아서라도 그 책을 번역하지 않겠다고 마음을 정한 상태였다. 나중에 나는 우리나라에서 그 책이 재번역되었고 그녀가 한국을 방문했다는 소식을 들었다. 기사 속에서 그녀는 겸손의 화신처럼 보였다.

돌아오는 길 아날리나는 내게 무척 미안해했다. 자신도 그 저자를 두어 번밖에 만나지 못했는데 이렇게까지 인색하고 자기중심적인지 몰랐다는 것이다. 그러면서 우려했던 일이 터진 거라고, 자신이 남자 친구 니콜로를 소개했을 때 저자의 남편이 보였던 반응을 알려주었다. 미용사라고요? 이런, 우리 부류가 아니군요. 그는 니콜로를 노골적으로 무시하는 태도를 취했다고 했다. 나는 그런 단순성이 충격적이라기보다는 신기했다. 아날리나와 나는 그 주말 예정되어 있던 저자 부부와의 식사 약속을 취소했다. 이런 성격으로는 평생 베스트셀러 번역자가 될 수 없으리라는 것을 나도 모르지 않는다.

그래서? 재번역된 그 책은 한국에서 많이 팔렸어? 제르멘이 눈에 웃음을 가득 담고 물었다. 잘 모르겠어. 관심을 두고 보지 않았거든. 론 강 옆 무너진 성벽 근처 식당 테라스에 앉아 우리는 다시 심보르스카에게로 돌아갔다.

왕관이 머리보다 더 오래 살아남았다.
손은 장갑에게 굴복하고 말았다.
오른쪽 구두는 발과 싸워 승리했다.

나는 어떨까. 믿어 달라. 아직도 살아 있다.
나와 내 원피스의 경주는 오늘도 계속된다.
아, 이 원피스는 얼마나 튼튼한지!
마치 나보다 더 오래 살아남고 싶다는 듯이……
—「박물관」 일부

어느 날 그런 외출에서 돌아와 보니 한국에서 내 앞으로 온 소포가 주방의 우편물 상자 옆에 놓여 있었다. 내가 펴낸 첫 책이었다. 그 책은 이미 발표된 글들을 모아 낸 것이라서 아쉬웠지만, 어쨌든 나는 기뻤고 그 기쁨을 곁에 있던 제르멘과 나누었다. 제르멘은 눈을 빛내며 책장을 넘겼고 책의 만듦새에 감탄했다. 다행히 책 뒷부분에 프랑스어로 된 차례가 붙어 있어서 장황히 설명하지 않고도 그녀에게 내용을 알려줄 수 있었다. 잠시 후 그녀가 그 페이지의 중간쯤을 가리키며 말했다. 이거, 그러니까 이 부분을 프랑스어로 번역해서 내게 보여줄 수 있을까? 그녀가 가리킨 것은 카뮈의 작품에 부친 옮긴이의 말이었다. 재창조된 세계, 그

의미 부여와 잊히지 않는 것으로 만들기. 나는 놀라서 되물었다. 그런데 왜? 이거 프랑스어로 번역해서 여기서 내보면 어떨까? 목차를 보니까 괜찮을 것 같아. 문제는 내가 한국어를 모르니까 네가 일단 프랑스어로 번역을 해서 내게 줘. 그럼 내가 고치고, 다시 네가 내용을 고치고, 그렇게 해서 만들어보면 어떨까? 제안해볼 만한 출판사를 두세 곳 알아.

아니, 괜찮아. 아주 나중에 그러고 싶어지면 널 기억할게. 이 책은 내가 우리나라 독자들에게 속삭인 거야. 그리고 그럴 수 있었던 게 참 고마워. 그날, 나는 정말이지 내가 한글로 글을 쓸 수 있다는 게 고맙고 뿌듯했다. 하지만 몇 년 후라면 적당한 글을 골라서 제르멘과 함께 프랑스어로 옮기는 작업을 하고 싶어질지도 모르겠다. 어쩌면 아를의 번역자들을 불러내는 이 글이야말로 제르멘과 그런 작업을 하기에 적당한 것일 수도 있겠다. 한 사람의 번역자로서 지리멸렬하게나마 번역에 관한 생각을 털어놓고, 번역하는 사람에 대해 말하는 건 여기에서든 거기에서든 아주 쓸모없는 일은 아닐 테니까. 그런데 제르멘은 과연 저자를 마음에 들어 할까?

뜨거운 찻잔 속에 넣은 갈륨 숟가락처럼

안제이

갈륨은 실온에서 고체 상태지만 섭씨 약 29.8도에서 녹아버린다. 갈륨으로 만들어진 숟가락 끝을 30도 이상의 따뜻한 물에 담그고 저으면 숟가락 끝부터 녹기 시작해서 점점 짧아지다가 결국 형체가 사라진다. 컵의 바닥에는 연한 은빛 덩어리가 가라앉아 있을 뿐. 손님에게 뜨거운 차와 함께 갈륨 찻숟가락을 내놓고 각설탕을 떨어뜨려 젓게 한 다음 손님의 반응을 살펴보는 장면을 담은 동영상을 본 적이 있다. 물론 너무 더운 여름에는 곤란하겠고, 그 차는 당연히 마실 수 없었을 것이다. 콜레주의 번역자들은 커피를 마시는 부류와 차를 마시는 부류로 나뉜다. 그때만 해도 나는 커피광이었지만 안제이는 그렇지 않았다. 그는 언제나 차를 마셨다. 그것도 찬장 꼭대기에서 안 쓰던 찻주전자를 꺼내 잎차를 넣고 가만히 기다렸다가 찻잔에 따랐다.

그는 아를을, 콜레주를 사랑하는 번역자였고 콜레주의 최다 최장 체류자였다. 아를에 열 차례 이상 왔고, 아를에 관한 책도 두 권 냈다. 나는 10여 년 전 그를 처음 만났다. 그 무렵 그는 잡지에 실린 자기 집 사진을 보여주었다. 크리스마스 특집호 같은 그 폴란드 잡지에는 2미터가 넘는다는 커다란 트리가 멋진 거실의

145

상들리에 아래 자리 잡고 있는 그의 집이 소개되어 있었다. 그는 언제나 페이즐리 패턴의 셔츠를 청바지 안으로 집어넣고 가죽 벨트를 한 모습이었다. 셔츠 깃 안에는 반들거리는 질감의 머플러가 정교하게 둘러져 있었다. 안제이에게는 그런 귀여운 속물적인 면이 있었다. 그는 언성을 높이는 일이 없었고 아를에 아는 사람이 많았으며 초대를 받으면 언제나 미묘한 조화를 자랑하는 꽃다발을 준비했다.

10여 년 후 다시 만난 그는, 페이즐리 무늬 셔츠가 검은 터틀넥으로 바뀌고 수술 후유증으로 기침과 지팡이가 더해지긴 했지만 여전히 현역이었다. 도서관에는 그가 폴란드어로 번역한 프랑스 문학서들이 배경으로 깔린 그의 사진이 담긴 대형 포스터가 걸려 있었다. 누군가 그 포스터를 콜레주 측에 제공한 것이 바로 그 자신이라고 한마디했다. 또한 그는 폴란드어판 이브 본푸아Yves Bonnefoy, 1923~2016 전집을 가지고 와서 우리에게 보여주기도 했다. 세 권을 나란히 늘어놓으면 이브 본푸아의 서명이 완성되는 독특한 표지 디자인에 감탄하는 우리에게 그는 그것이 자신의 아이디어였다고 덧붙였다.

그는 나를 설득할 만큼 교양이 풍부했고 버벅대는 내 프랑스어를 참고 기다려줄 만큼 참을성이 있었으며 무엇보다 오랜 세월 프랑스 문학과 더불어 살아온 내공이 있었다. 내 얕은 지식을 내보이고 그의 박식한 지식을 전수받는 것이 나는 좋았다. 그렇게 해서 나는 라드미날을, 무냉을 처음 알게 되었고, 대신 세르반테스의 영어 역자 이디스 그로스먼을 알려주었다. 눈을 빛내며 수첩에 메모를 하는 그의 눈 속에 떠오른 반짝이는 빛을 보는 것이 즐거웠다.

그는 차를, 나는 커피를 마시면서 번역의 윤리와 번역자의 윤리에 대해 이야기를 나누었다. 안제이는 앙투안 베르만을 인용했다. "번역자의 입장에서 생각하는 번역은, 번역이라는 상품을 주문한 고객이 있고 그 번역을 읽을 수용자가 있으며 이 상품을 넘기면 돈을 받는다는 상황과 떼어놓고 생각할 수 없다."(A. 핌, 『번역자의 윤리를 위하여』) 그러나 번역자에게는 어떤 번역물을 번역사 속에 자리매김할 수 있는 능력이 있어야 해. 번역자는 일부러 스스로를 드러내지 않더라도 번역에 사용하는 언어를 통해 자신도 모르게 그 작업을 하지 않느냐고 내가 반문했다. 그리고 다시 번역에 있어서 의미와 형식 문제를 꺼냈다. 우리는 무슨 토론을 한 게 아니라 그저 생각나는 대로 말하고 상대의 말을 듣고 되새김했다.

라드미랄의 관점에서 볼 때 나는 어디에 속할까. 라드미랄은 베냐민, 메쇼닉, 베르만을 원천중심론자로, 본인과 무냉, 나이다, 테이버 등을 목표중심론자로 규정한다. 그러니까 원전에 사용된 언어의 시니피앙signifiant. 기표을 중시하면 원천중심론자, 시니피에signifié. 기의를 더 존중하면 목표중심론자라는 것이다. 이는 다시 형식적 등가와 역동적 등가라고 바꿔 말할 수 있다. 안제이는 "번역이란 시니피앙의 죽음을 먹고 되살아나는 시니피에의 부활"이라는 말을 여러 차례 했는데 나중에 찾아보니 역시 라드미랄의 표현이었다.

사실 나는 번역자를 만나면 그가 어느 쪽에 속하는지 좀 궁금해하는 편이다. 한국에 온 『암퇘지』의 저자 마리 다리외세크에게 어느 편인지 물었던 것도 그런 맥락에서였다. 그녀는 프랑스 문학의 대선배 유르스나르의 번역 작업이 '부정한 미녀'였으며 자신은 '정숙한 추녀' 쪽이라고 대답했다. 한편 나는 번역을 많이 하고 잘하는 선배 번역자 중 원문에 충실하기보다는 완전히 갈아엎는 것에 자부심을 가진 사람을 한 사람 이상 알고 있다. 얼마 전한 잡지에 다섯 명의 번역자가 번역에 대한 이런저런 질문에 대답하는 지면이 있었다. 나도 서면으로 참여한 그 기획에서 좋은 번역이란 어떤 것인가에 대한 번역자들의 대답이 흥미로웠다. 각자 텍스트를 대하는 태도가 그대로 드러났달까. 안제이는 평소 그가 말하는 방식답게 분명한 입장을 밝히지 않았다. 다만 시 번역에서 '정숙한 추녀'의 경우는 자칫 잘못하면 성별조차 구별할 수 없을 수도 있다고 한마디했을 뿐.

그 밖에도 안제이는 내게 많은 정보를 주었다. 토요일 장의 생선 가게 중에서 어느 집 생선이 싱싱한지, 조개는 어느 쪽이 나은지 알려주었고, 고흐의 도개교인 랑그루아 다리로 가는 길을 가르쳐준 것도 그였다. 그가 길을 가르쳐주는 방식은 일본 영화 〈안경〉에서 사쿠라 씨가 주인공에게 설명해주는 방식과 비슷하다. 몇 미터, 몇 분이라는 객관적인 단위 대신 "한참 걷다가 불안해질 즈음" 오른쪽으로 길이 나오면 그 길로 접어들라는 식이었고, 이 설명은 뜻밖에도 효과가 있었다. 무엇보다 나는 그를 통해 아를의 의상 축제를 만날 수 있었다. 우선 그의 노트북에 담긴 사진들을 보는 것으로 시작했는데, 운 좋게도 다음 해 7월 나는 부슬비가 내리는 가운데 하루 종일 펼쳐지는 아를의 의상 축제와 아를의 여왕을 뽑는 행사에 참여할 수 있었다. 도시 전체가 화려한 의상을 입은 아를의 여인들로 뒤덮였다. 사진을 찍는 것도 찍히는 것도 별로 좋아하지 않는 나도 그날만큼은 무려 수백 장의 사진을 찍지 않을 수 없었다.

최근 확인해볼 게 있어서 콜레주 사이트에 들어간 나는 안제이가 다시 그곳에 머물고 있음을 알았다. 안도의 한숨이 나왔다. 나이 든 이들에 대한 감정에는 어떤 안타까움과 더불어 그들이 갑자기 사라져버리지 않을까 하는 두려움이 항상 있다. 뜨거운 찻잔 속에 넣은 갈륨 숟가락처럼. 하지만 잘 사라지는 건 좋은 일이다. 나는 때가 되었을 때 내가 이 지상에서 잘 사라지기를 원한다.

장벽은 무너져도 여전히 공산주의자

쉬잔

나는 언제나 베냐민에게서 기대한 것 이상을 발견한다. 그는 어떤 철학자와도 다른 시각으로 내게 한 차원 높은 시야를 열어준다. 오래전부터 나는 베냐민에게 관통당했다. "모든 언어는 말 없는 사물의 사연을 기억해야 하고 그 침묵에 주의해야 한다. 이 침묵은 번역되어야 한다. 번역되어 옮겨지고 해석하고 보충되어야만 하는 불완전한 언어가 바벨탑 이후의 인간 언어다."(문광훈,『가면들의 병기창』) 원전의 손상은 필연적이며 완벽한 번역은 어디에도 없다는, 이 번역에 대한 절망적 고찰은 그럼에도 균열 있는 총체성으로 열려 있어 절망적이지 않다. 『아케이드 프로젝트』는 언제나 내 책꽂이 한편을 차지하고 있었고, 새로운 번역이 나올 때마다 나는 이해할 수 없었던 단락을 새로 읽어보았는데 번번이 절망했다. 여러 한글판을 살펴보았으나 내게는 명확하게 들어오지 않는 것이 너무 많다.

지금 내가 독일어를 배우기 시작하면 언제쯤 베냐민을 읽을 수 있을까? 순전히 책을 읽기 위해 독일어를 독학했다는 선배에게 묻기도 했다. 물론 나는 알고 있었다. 그 언어에 정통한 역자들이 그렇게밖에 옮겨놓을 수 없었던 것을 이제 배워 익히는 독일어

실력으로 어찌 파악할 수 있겠는가. 다만 내가 기대하는 부분은 언어 이면에 있는 침묵이었다. 내가 독일어로 베냐민을 읽게 되면 단어와 단어 사이에 있는 그 침묵이 나에게 길을 보여줄지도 몰랐다. 왜냐하면 내가 간절하게 그 뜻을 알고 싶어 하므로. 그러다가 만난 책이 『가면들의 병기창』이었다. 베냐민 번역의 해묵은 갈증이 풀리는 순간이었다. 베냐민의 미완성 원고를 보완하는 방법은 '연구'에 있었다.

쉬잔은 공산주의자였다. 그녀는 통일 전 동독에서 15년을 살았다고 했다. 그리고 베냐민을 프랑스어로 번역한다고 했다.『아케이드 프로젝트』를? 응, 문제는 내가 10년째 그 작품을 붙잡고 있다는 거지. 그건 당연해. 중요한 건 제대로 번역하는 거지. 그런데 이게 과연 가능한 일인지 의문이 들 때가 있어. 너무 단편적이거든. 내가 그의 뇌 속으로 비집고 들어가야만 제대로 해독할 수 있다고. 베냐민은 대중적이지 않아. 그림 형제처럼 1000마르크짜리 지폐에 얼굴이 실려 있던 사람이 아니라고. 나는 요즘 파리 국립도서관에서 시대에 쫓기며 자신의 '사상'을 정리하던 그와 완벽하게 하나가 된 느낌이야. 이 공격적인 자본주의 시대에 10년 이상 베냐민을 붙잡고 있는 번역자라니. 바로 그래서 우리 일이 의미가 있는 거 아닐까. 하지만 인정해.『아케이드 프로젝트』는 완성된 원고라기보다 메모에 가까운 듯해. 그걸 번역하다니. 그러면서 나는 내가 한국어로 번역된 베냐민 앞에서 줄곧 겪었던 어려움을 말해주었다. 그리고 번역본이 아닌 연구서가 그 문제를 해결해주었다는 말도. 그런데 그 연구서는 1000페이지가 넘어. 세상에! 나와 쉬잔은 그 저자의 노고를 치하하며 마시던 포도주 잔을 들었다. 푸르 무슈 문! Pour monsieur Mun! 문 선생을 위하여!

70대의 쉬잔에겐 앞니 하나가 없었다. 그녀가 활짝 웃을 때면 연한 갈색 머리카락 아래 푸른 눈과 복숭앗빛 입술에 반짝이는 생기가 돌았지만, 열린 입술 안쪽의 그 검은 구멍은 보는 사람에게 애처로움을 자아냈다. 물론 아무도 그 사실을 입에 올리지 않았다. 각자 사정이 있기 마련이니까. 그녀는 언제나 자기 몸보다 큰 면 옷을 걸치고 다녔고 걸음이 느렸으며 흥얼거리기를 좋아했다. 그래서 그녀가 콜레주의 식당을 가로지르는 모습은 도포를 입은 가객을 연상시켰다. 머리카락은 항상 말총머리로 단정하게 묶여 있었지만. 그녀는 실내에서도 긴 코트를 벗지 않고 지냈다.

베냐민의 「번역자의 과제Die Aufgabe des Übersetzers」는 이렇게 시작한다. "어떤 예술 작품이나 예술형식을 대할 때 수용자를 고려하는 일은 수용자가 그것을 인식하는 데 있어서 결과적으로 결코 생산적일 수 없다. (…) 어떤 예술 작품도 수용자의 주의력 혹은 반응을 전제하지 않는다. 그 이유는 어떤 시도 독자를 위한 것이 아니고, 어떤 그림도 관람자를 위한 것이 아니며, 어떤 교향곡도 청중을 겨냥하고 있지 않기 때문이다." 영어판을 포함한 몇 개의 번역본을 두고 내가 파악한 내용이다. 언젠가 나는 연주자를 두 부류로 나눈 적이 있다. 피아니스트 엘렌 그리모의 『엘렌 그리모의 특별 수업』을 번역했을 때였다. 청중을 의식하는 연주자와 자기 자신을 향한 연주자. 굴드와 리흐테르는 전자, 대다수의 연주자와 엘렌 그리모는 후자에 속한다. 그러니까 이건 연주를 얼마나 잘하느냐의 문제가 아니다. 어떤 태도로 연주를 하는가에 관한 것이다. 이런 인식은 예술 작품을 번역해야 하는 사람에게 중요하다. 나는 베냐민에게 동의한다.

프랑스어를 우리말로, 영어를 우리말로 번역할 때 책 한 권에서 한두 번쯤 그런 문장을 만날 때가 있다. 품고 있는 침묵의 저변이 아주 넓은, 그 깊이가 아주 깊은 문장. 그럴 때면 그저 가만히 들여다보는 수밖에 없다. 때로는 소리 내어 읽기도 한다. 그러고는 내버려둔다. 얼마간 시간이 흐른 후 다시 들여다본다. 그러다 보면 온다, 그 순간이. 길을 걷다가 밥을 먹다가 샤워를 하다가 80분의 요가를 마치고 온몸의 긴장을 풀고 시체처럼 누운 사바사나의 시간에 홀연히 내려앉는다. 그 침묵의 의미가, 아니 침묵까지 포괄하는 그 문장의 의미가. 아, 내게 바벨 피시가 있다면 그건 뇌 속이 아닌 뇌와 심장 사이 어딘가에 살고 있는 것 같다.

발터 베냐민은 『아케이드 프로젝트』의 미완성 원고를 품고 피레네 산맥을 넘는다. 자신을 모욕한 조국 독일에 대한 그리움과 희망을 가슴에 묻고. 아도르노는 베냐민의 모습을 두고 "외모에서도 마법사 같은 분위기를 풍긴다" 하면서 그의 예지력을 언급했고, 그의 원고가 출판될 수 있도록 크게 애썼던 한나 아렌트는 베냐민이 "시인이 아니면서도 시적으로 생각했다. 그에게 메타포는 언어의 가장 커다란 비의이자 선물이었다. 언어를 비의적으로 사용하면 눈으로 볼 수 없는 것을 구체화할 수 있다"라고 했다. 이 구절을 읽으면서 나는 한나 아렌트 역시 시인이 될 수 있었겠다고 감탄했다. 베냐민 자신은 일기에서 도라, 율라, 아샤와의 사랑의 경험을 두고 이렇게 쓰고 있다. "나는 평생 각기 다른 세 번의 사랑을 했고, 내 안에 있는 세 명의 각기 다른 남자를 알게 되었다." (베르너 풀트, 『발터 베냐민』)

쉬잔이 베냐민 번역자라는 것을 알게 된 이후 나는 긍정적인 편견으로 무장하고 그녀를 대했다. 결혼한 딸 하나가 있고 얼마 전 손녀를 보았다는 그녀는 파리 15구에서 혼자 살고 있다고 했다. 딸아이가 매일 전화를 해서 식사를 했느냐고 물어. 내가 종종 먹는 걸 잊어버리거든. 쉬잔에게는 힘든 시대를 살아온 한국 어머니 같은 데가 있었다. 장이 열리면 그녀는 품질은 좀 떨어지지만 싸고 많이 주는 모로코 상인에게서 어마어마한 양의 채소를 사 날랐다. 자신은 제대로 먹지도 않으면서 다른 번역자들을 먹일 라타투이를 만들기 위해서였다. 외국인 번역자들에게 프랑스 가정식을 해 먹여야 한다는 일종의 사명감 같은 것을 느끼는 듯했다. 그녀는 일주일에 한 차례 엄청난 양의 라타투이를 만들어서 우리 모두를 먹였다. 객지에 나와 있을 땐 이런 걸 먹어둬야 해. 독일에서 살 때도 나는 사우어크라우트 대신 이걸 먹었지. 우리 집 냉장고에는 이게 떨어지지 않았어.

결국 그녀의 라타투이는 모두를 질리게 만들었다. 사실 그렇게 맛있다고도 할 수 없었다. 하지만 나는 그 라타투이를 끝까지 먹는 것이, 그러니까 버리지 않게 하는 것이 내 의무라고 여겼다. 어떤 날은 1940년대에 굶주리며 집필에 몰두했을 베냐민을 떠올리며 먹었다. 쉬잔의 라타투이 말고도 내가 의무적으로 먹어야 했던 음식은 아이샤의 양배추 조림이었다.

아이샤는 콜레주의 식당을 돌보고 공용 공간 청소를 하는 콜레주의 직원이었다. 그곳에 처음 갔을 때 나는 아이샤와 친하게 지냈다. 그녀는 모로코 출신의 40대 건장한 여자로 오전 8시경 출근했는데, 어느 날 커피를 만들고 있는 나와 마주쳤다. 나는 그녀에게 커피를 마시겠느냐고 물었고, 우리는 두 잔의 에스프레소를 놓고 잠시 이야기를 나누었다. 그 후에도 내 커피 타임과 그녀의 출근 시간이 겹쳐서 우리는 자연스럽게 아침 커피를 함께했다. 나는 누군가에게 커피를 만들어주는 것을 좋아한다. 특히 누군가 만들어주는 커피를 마신 경험이 적은 사람들에게. 나는 아이샤의 아침 커피에 생미셸사에서 만든 마들렌을 하나씩 곁들였다. 그리고 내 식료품 칸의 위치를 알려주고 필요할 때면 커피를 만들어서 먹으라고 말해두었다. 그래서였을까. 어느 날 아이샤는 나를 위해 싸 왔다며 모로코식 양배추 조림이 담긴 팩을 꺼냈다. 결국 나는 이틀 후 반쯤 남은 그것을 버리고 말았지만, 아이샤의 성의를 생각해 그 시큼한 것을 반이나 먹기 위해 내가 들인 노력만큼은 가상하게 여겨줘야 한다.

몇 년 후 다시 콜레주에 갔을 때 아이샤 대신 훨씬 젊은 여자가 그 일을 하고 있었다. 나는 그녀에게 인사를 하고 이름을 물었다. 그녀가 대답했다. 아이샤. 뭐라고? 난 아이샤를 알고 있는데, 당신이 아이샤라고? 그래, 내가 아이샤야. 알고 보니 콜레주에서 아이샤라는 이름은 고유명사가 아닌 보통명사였다. 이제 나는 총 세 명의 아이샤를 안다. 그리고 되도록 시간을 맞추어 그 아이샤들에게 커피를 끓여준다. 물론 내게 있어서 진짜 아이샤는 첫 번째뿐이지만.

그런데 나 말고도 아이샤에게 자신의 식료품 칸을 개방한 사람이 있었다. 쉬잔이었다. 사실 그녀는 모든 이에게 자기의 식품을 가져다 써도 된다고 말했다. 커피나 소금 같은 것은 늘 공용 배선대에 올려두었고, 빵은 봉투에 넣어놓는 대신 빵도마 위에 칼과 함께 면포로 덮어놓았다. 그렇다고 그녀의 성격이 너그럽고 관대한 것은 아니었다. 잔소리가 심했고 참견도 잘했다. 다만 자신의 소유를 공유하는 것에 아주 자연스러웠다. 그녀의 방은 언제나 열려 있었다. 식당에서 이야기를 하다가 뭔가를 보여줘야 할 일이 있으면 그녀는 서슴없이 상대를 자기 방으로 데려갔다. 그렇게 해서 나는 여러 차례 그녀의 방에 갔고, 물론 내 방에도 그녀를 초대해야 했다.

쉬잔의 라타투이 사랑의 진짜 문제는 양이나 횟수나 맛이 아닌 다른 데 있었다. 재료를 커다란 도기 냄비에 담아 오븐에 넣어놓고는 시간 맞춰 꺼내는 걸 잊는다는 것. 라타투이가 졸아들도록 40분 이상을 오븐 앞에서 지킨다는 건 쉬운 일이 아니었는데, 콜레주 식당의 오븐에는 자동 종료 장치가 달려 있지 않았다. 화재 경보가 울려서 모두 방에서 뛰쳐나왔을 때 식당은 뿌얀 연기에 싸여 있었다. 그런 일이 있은 후 아이샤는 쉬잔이 요리하는 것을 겁냈다. 주방에서 일어나는 사고는 원칙적으로 아이샤의 소관이었으므로 이해할 만했다. 게다가 같은 일이 그다음 주에도 일어났던 것이다.

쉬잔의 건망증은 오븐을 끄는 것을 잊어버리는 정도를 넘어서서 단골 카페에 가방을 두고 온다거나 식당 한편에 노트북을 두고 다닌다거나 복도에 방 열쇠를 떨어뜨린다거나 하는 일로 하루 건너 한 차례씩 일어났다. 그런 반면 프랑스어의 문법에는 아주 예민했고, 프랑스인으로서 이국의 번역자들에게 프랑스어의 바른 사용법을 알려줘야 한다는 사명감이 대단했다. 대개는 불필요한 일이었지만, 우리는 그녀의 참견을 호의로 받아들였다. 조금이라도 이상한 발음을 들으면 꼭 짚고 넘어가는 사람도 그녀였다. 내가 '카마이외Camaïeu'라는 옷 가게에서 잠옷을 하나 사 온 날 그녀는 어디서 샀는지를 물었고, 나는 그 단어를 다섯 번 반복해야 했다. 내가 사온 짧고 귀여운 여자용 잠옷을 뉘제트nuisette. 작은 밤 라고 부른다고 알려준 사람도 그녀였다.

누구나 베냐민을 좋아하는 것은 아니다. 어떤 점에서 보면 취향이란 자신에게 있는 어떤 점을 다른 무엇에게서 발견하는 것인지도 모른다. 베냐민은 문학적 상상력에 대해 이렇게 썼다. "상상력이란 무한하게 작은 것들 속에서 가필하는 것, 다시 말해 외연적으로 확장된 것으로서의 모든 밀도 속에서 새롭고 압축된 통일성을 만들어내는 것. 간단히 말해 펼쳤을 때 비로소 숨을 쉬고 새로운 폭과 함께 사랑하는 사람의 특징을 그 내면에서 보여주는 접힌 부채와 같은 모든 이미지를 취하는 능력이다." 이 적확하고 아름다운 베냐민의 상상력에 경의를! 내가 글쓰기를 할 때 언제나 마음을 바로 가지려 애쓰는 것은, 아니 마음이 바로 섰다는 자각이 든 후에야 글쓰기를 시작하려고 애쓰는 것은 바로 베냐민에게 빚진 습관이다. 실제로 베냐민은 살아 있는 그 누구보다 나를 많이 바꾸었다.

베를린장벽이 무너지고 쉬잔은 파리로 왔다. 이제 유럽연합의 공동 수장 격이 된 메르켈은 하나의 유럽을 역설하고 이민자와 난민을 받아들였다. 자신이 꿈꾸던 미래가 현재가 되었노라고 말하며 쉬잔은 환히 웃었다. 하지만 그 방식은 자신이 예상했던 것과 너무나도 달랐다고. 언젠가 본 동독 영화 〈타인의 삶〉의 한 장면이 눈앞에 떠올랐다. 내가 쉬잔에게 물었다. 그러니까 넌 얼마 동안 공산주의자였던 거야? 쉬잔 대신 옆에 앉아 있던 크리스토프가 대답했다. 그게 무슨 말이야? 이 친구 여전히 공산주의자인걸.

차 한 잔 하는 게 좋겠다, 브뤼셀에 가면

크리스토프

그는 늦게 도착했다. 나는 그날 늦은 저녁을 먹기 위해 오전에 장에서 사 온 싱싱한 홍합을 끓이고 있었다. 무슨 일인가로 내 저녁은 많이 늦었고, 홍합을 냉장고에 두고 밤을 보낼 수는 없었으므로 그것을 끓여 빵을 찍어 먹기로 했다. 버터, 소금, 파, 양파, 후추 그리고 간장을 조금 넣었다. 레옹드브뤼셀프랑스의 홍합 요리 전문점의 맛을 떠올리면서 말린 파슬리도 넣었다. 사실 내가 먹고 싶었던 것은 파를 잔뜩 넣고 마늘은 편으로 썰어 조금 넣은, 소금으로만 간을 한 우리식 홍합탕이었는데, 뻣뻣하고 질긴 프랑스 파로는 아무리 해도 그 맛이 나질 않았다.

약식 홍합탕이 완성되었다. 내가 그것을 그릇에 담는데 문이 열리더니 새 체류자가 들어왔다. 크리스토프, 벨기에인. 대학에서 가르치는 일을 하면서 독일어권 책을 프랑스어로 번역한다고 했다. 처음부터 달변이었다. 만나자마자 니콜라 사르코지에서 프랑수아 올랑드로 프랑스 대통령이 바뀌어서 얼마나 숨쉬기가 편해졌는지, 그건 단순히 사회당의 집권 때문만은 아니라고 했다. 그는 벨기에인이라기보다 프랑스인 같았다. 이 선거에서 올랑드와 사르코지의 득표 차는 3퍼센트에 불과했지만, 프랑수아 미테랑

정권 이후 17년 만에 좌파 정권의 집권이라 흥분할 만했다. 꽤 무거워 보이는 배낭을 멘 채 서서 한참 이야기를 한 뒤 그는 숙소로 통하는 문 안으로 사라졌다.

늦은 시각이어선지 식당에는 사람이 없었다. 나는 오랜만에 혼자 식사를 즐기기로 하고 들고 나온 영국 작가 가즈오 이시구로의 책을 빵과 홍합, 샐러드, 백포도주 한 잔이 놓인 쟁반 옆에 펼쳐놓았다. "내 이름은 캐시 H. 서른한 살이고 11년 이상 간병사 일을 해왔다. 11년이라면 꽤 긴 세월처럼 들릴 것이다. 실제로 그들이 내게 올해 말까지 8개월을 더 일해주기를 바라고 있으니 그렇게 되면 내 경력은 거의 12년에 이르게 된다"라고 시작하는 그 소설은 몇 년 전 내가 먹먹한 심정으로 번역한 것이었다. 그렇게 간병사 일을 그만두고 캐시는 자기 몸을 '기증'하는 일을 시작하게 된다. 그녀는 몇 번째의 기증을 마치고, 그러니까 몇 번째로 자신의 기관을 떼어내고 저세상으로 가게 될까? 정말 그녀에게 "영혼이 없다고 생각하는 사람이라도 있"는 것일까? 나는 인간이 무엇인지를 아프게 묻는 이 책으로 가즈오 이시구로를 알았고 그를 번역하기 시작했다.

크리스토프가 다시 식당으로 나오면서 카페로 가 간단하게 저녁을 먹어야겠다고 말했다. 너도 저녁이 늦었구나! 그러더니 내게 뭘 읽고 있느냐고 물었다. 내가 표지를 보여주자 그는 잠깐 기다리라며 다시 문 안으로 사라졌다가 책 한 권을 손에 들고 나타났다. 검은 바탕에 색색의 전구들이 아롱거리는 그 책의 표지를 나는 즉각 알아보았다. 2009년에 나온 이시구로의 소설집 『녹턴』

영문판이었다. 나는 그 책을 번역했고 한국어판은 2010년에 나왔다. 그렇게 우리는 이시구로 이야기를 시작했고, 잠시 후 나는 그에게 홍합과 빵이 남았는데 좀 먹겠느냐고 물었다.

콜레주에서 나는 가즈오 이시구로를 입에 올린 적이 없었다. 이시구로는 일본인 부모 사이에서 태어나 5세 때 부모와 함께 영국으로 이주해 그곳에서 성장하고 배우고 그곳 여자와 결혼해 영국에 귀화한 작가로, 앤서니 홉킨스와 에마 톰슨의 주연으로 우리에게도 잘 알려진 영화 〈남아 있는 나날〉의 원작자다. 그는 그 소설로 맨부커상을 받았는데, 이후 영미 문학의 대표 주자로서 주목받고 있다.

다음 날부터 크리스토프는 쉬잔과 자주 어울렸다. 그는 콜레주에서 쉬잔을 만난 것을 매우 기뻐했다. 자신이 번역하고 있는 독일어 원전에서 애매했던 부분을 동독에서 오래 살아 그쪽의 은어까지 잘 알고 있는 쉬잔과 의논해 해결할 수 있었던 모양이다. 크리스토프는 도서실을 열심히 이용하는 사람 중 하나였다. 그의 하루는 오전에 일, 오후에 해수욕, 저녁은 카페였던 것 같다. 간간이 쉬잔과 독일 표현에 대해 의논하는 모습 이외에 그는 거의 자기 방과 도서실, 해변 그리고 카페에 가 있었다.

그가 어찌나 바닷가에서 오랜 시간을 보냈던지, 어느 날 주방에서 그와 맞닥뜨린 나는 깜짝 놀랐다. 얼굴과 코가 온통 빨갛게 익어 있었다. 햇볕에 그을린 것이 아니라 익었구나. 파 브롱제 Pas bronzé. 그을은 게 아닌걸. 메 퀴Mais cuit. 익은 거야. 튀 에 비엥 퀴Tu es bien cuit. 넌 잘 익었다고. 우리는 그를 놀려댔다. 그러자 그는 응수했다. 맞아, 난 익었어. 잘 익었지. 너희가 먹어도 될 만큼. 크리스토프의 농담에 우리는 하늘을 바라보며 눈알을 굴렸다. 크리스토프는 정말 바다를 좋아했다. 한번 물속에 들어가면 좀체 나오지 않았고, 그러다가 지치면 해변에 누워 책을 읽었다. 그리고는 다시 바다로 들어갔다.

작열하는 아를의 태양과 맞서보자는 생각으로 지타와 나와 아고타가 생트마리드라메르에 가서 하루 종일을 보내기로 한 날, 우리는 그곳 해변에서 크리스토프를 만났다. 그날 우리는 옷 아래 수영복을 챙겨 입고 간 참이었다. 더우면 물속에 들어가 헤엄을 치고 놀다가 지치면 모래사장으로 올라와 품 넓은 셔츠를 걸치고 모래 위에 배를 깔고 엎드려 책을 읽었다. 그 드넓은 해변에 그늘이라고는 파라솔이 만들어준 것밖에 없었으므로 다들 몸은 태양에 내어주고 머리만 그늘에 넣었다. 크리스토프 역시 물속으로 들어갔다가 나오기를 반복했는데, 다만 그의 경우에는 물속에 있는 시간이 우리보다 훨씬 길었다.

이윽고 태양이 알아챌 수 있을 정도로 수그러들기 시작했고 우리의 에너지도 잦아들었다. 두 팔로 물을 가르는 것도, 모래를 털어내며 책장을 넘기는 것도 지루해질 무렵, 우리는 이윽고 번역 이야기에, 문장 이야기에 그리고 어원 이야기에 가닿았다.

번역을 하기 위해 혹은 출간 여부를 검토하기 위해 혹은 그저 책을 읽기 위해 페이지를 넘길 때 유난히 내게 맞는 문장이 있다. 실제로 문장의 맛에 대해 말하자면, 제임스 설터를 처음 읽었을 때 나는 설터를 읽지 않고 보낸 내 시간을 탄식해야 했다. 그

앞에 경배하고 싶게 만드는 문장들. 한편 가즈오 이시구로의 문장은 셜터처럼 가슴을 서늘하게 하면서 쑤욱 다가오는 그런 맛은 없었지만 담백하고 단정했으며 섬세하고 은근했다. 테리 이글턴은 아일랜드 작가 플랜 오브라이언의 문장을 두고 "꾸밈이나 장식이 없이" 거칠게까지 보이는데 "이런 종류의 기교가 없는 글은 상당한 기교를 필요로 한다"(『문학을 읽는다는 것은』)라고 쓰고 있다. 이글턴이 이시구로를 읽을 기회가 없었다는 것은 안타까운 일이다. 이시구로의 문장이 바로 그러하니까.

『나를 보내지 마』를 읽으면서 나는 친숙하다는 점에서 내 문장을 대하는 것 같은 기묘한 편안함에 빠져들었다. 관계대명사가 몇 개씩 이어지면서도 편안하게 풀어내지는 그의 문장들은 감정과 심리의 돋을새김을 섬세하게 드러내는 드문 내공을 갖고 있었다. 거기에는 작가 이전에 인간으로서의 품위 같은 것이 있었고, 쉽게 질리지 않을 담담함이 있었다. 나는 그게 혹시 이시구로에게 영어가 모국어가 아니어서 그런 것이 아닐까 하고 생각해보기도 했다. 원어민들처럼 DNA에 아로새겨진 언어가 아니라서, 어찌 보면 '새로 배운' 언어라는 공통점 때문에 특히 내가 그렇게 느끼는 것이 아닐까 하는 생각도 했다. 그의 작품들을 번역할 때마다 이런저런 서평을 찾아보았는데, 실제로 『우리가 고아였을 때』에 대한 한 비평에서 이시구로의 그런 면을 언급하고 있었다. 다소 부정적인 비판이었지만 내게는 꽤 타당해 보였다. 그렇다고 해서 이시구로의 문학성이 훼손되는 것도 아니니까.

그날 내 머릿속을 떠돌던 것은 모호함의 번역에 관한 것이었다. 하나의 짧은 문장은 문학적 함축일 수도 있고 단순한 생략일 수도 있다. 행간의 뜻을 풀어내 오해의 소지를 없애보겠다고 그 단순한 문장에 수식어를 덧붙이는 것은 좋은 번역에 대한 오해다. 애매한 표현이니 명확하게 해야겠다고 어둠 속에 묻힌 단어의 아우라를 갈기갈기 해부하는 건 독자를 바보 취급하는 것이다. 담담하고 당당하게 읽으며 그냥 느끼는 독자의 능력을 믿는 수밖에. 『고도를 기다리며』에서 사뮈엘 베케트가 에스트라공의 입을 빌려 표현한 "지나치게 명백하게 드러나지 않은 암시"를 낱낱이 해부해 길고 장황하며 평평하고 편편하게 번역한다면 저자가 공들인 '의도적인 암시'는 깡그리 증발하고 말 것이다. 독자 역시 언어의 비의와 함축을 누릴 줄 알고 누릴 권리가 있다. 낱낱이 자르고 토막 내어 은밀한 시적 환기력을 잃어버린 비루한 산문을 생산하길 원하는가.

프레드 바르가스의 한 영어판에서 역자는 경찰이 모니터에 띄운 지문을 묘사하면서 원문에 없는 "허블 망원경으로 본 우주 같은"이라는 구절을 삽입해놓고 있다. 허블 망원경으로 천체를 관측하는 것이 일인 한 천문학자가 이 번역서를 읽다가 반가운 구절을 보고 바르가스에게 호감을 품었는데, 알고 보니 원문에는 그런 언급이 없어서 실망했다는 일화가 있다. 아마존 리뷰를 보면 이 영어판 책은 상당수의 독자로부터 탁월한 번역이라는 평가를 받는다.

나는 꼼꼼한 주석과 답답할 정도로 설명적인 번역이 원문이 주는 느낌을 어느 정도로까지 지루하고 맥 빠진 것으로 만드는

지 읽은 적이 있다. 반면 번역된 시를 읽으면서 그게 왜 좋은 번역이라고 다들 말하는지, 정말 원문을 놓고 비교해본 적이 있는지 답답했던 적이 있었으나, 역시 내가 뭘 모르기 때문일 거라고 생각했다. 시의 번역은 성실성과 영감이 함께해야 하는 일인데, 대부분의 번역에는 안타깝게도 영감이 빠져 있다. 아, 그러나 그 배반의 가능성에 눌려 몇 편의 시 번역조차 흉내 내지 못하는 내가 무슨 말을 할 것인가.

각각의 텍스트는 특유의 음과 색채, 움직임, 분위기를 갖고 있다. 구체적이고 자구적인 의미 외에도 덜 명백한 의미를 갖게 되는데, 바로 이 의미가 우리 안에 저자가 원한 인상을 불러일으킨다. 번역자가 전달해야 하는 것은 바로 이 의미다. 그런데 의미를 번역할 수 있다 해도 단어와 단어 사이의 그 매력적인 모호함을 문장 안에 어떻게 살릴 것인가.

번역은 "아예 존재하지 않는다고 생각될 만큼 투명한 유리가 되"어야 하는 걸까.(니콜라이 고골) '형태적 등가'의 강박관념에서 완전히 자유로워져 역동적 등가로만 존재하는 또 다른 창조물이 되어야 할까. 곧장 독자의 뇌리를 파고드는 '역동적 등가'를 우위에 두어야 할까. 한국어다운 문장 아래 프랑스어의 그림자가 은은히 비치는 '반투명 채색 유리'는 하나의 꿈 같은 것일까. 번역자가 받을 수 있는 최상의 찬사가 번역이 번역 같지 않다는 것인가. 그러니까 번역자는 도착어로 작품을 재구성하는 데 아무리 적극적이었다 해도 결국 '투명한 필터'가 되어 사라져야 마땅한가.

그날 바다를 앞에 두고 우리 네 사람의 번역자는 '거슬러 올라가는 것'에 대해 이야기했다. 저자가 왜 다름 아닌 그 단어를 썼는가? 저자의 문장이 품은 모호함을 죽이지 않고 밝히려면 근원, 어원에 기대야 한다. 지금은 배운 적이 있다는 사실조차 말하기 부끄러운 라틴어를 배워야겠다고 생각하고 잠시 공부하러 다녔던 것은 바로 그 '어원' 때문이었다. 프랑스어로 된 책을 한동안 번역하고 나자 뉘앙스를 제대로 짚기 위해서는 어원이 되는 언어를 알아야겠다는 생각이 들었던 것이다. 프랑스어가 속한 로만어족과 라틴어의 관계는 우리말과 일본어에서 한문 같은 거랄까.

"문학적으로 언어를 다루는 문제일 경우, 어원을 알아차리고 어원에 주의할 수 있는 사람이 어원을 모르는 사람보다, 나아가 어원을 알면서도 그것을 무시하고 그로 인해 귀중한 자원과 즐거움을 스스로 포기하는 사람보다 우월한 입장에 놓인다. 어휘의 의미, 혹은 의미들을 저 깊은 곳까지 들여다볼 줄 아는 시선에는 즐거움이 따르기 마련이니까."(발레리 라르보)

에르되시가 수학자를 가리켜 "커피를 정리定理 진리로 인정되는 일반 명제로 바꾸는 기계"라고 했다는 말을 들었을 때 나는 즉각 이 순박한 천재 수학자에게 호감을 느꼈다. 그 역시 나처럼 커피를 작업의 에너지원으로 삼았다는 증거가 아닐까. 그러니까 에르되시에게 커피를 넣으면 그 커피는 정리들로 형태가 바뀌어 나오는 것이다. 번역자이자 커피 중독자인 내게 커피를 넣으면 프랑스어 문장이 우리말로 바뀌어 나오듯이.

번역은 어떤 문장을 다른 문장으로 바꾸는 일이다. 그렇게 문장이 중요하다. 그런데 문장이 품고 있는 의미 이외의 모호성까지 어떻게 옮길 것인가. 크리스토프가 말했다. 중세 때에는 지금의 '번역'에 해당되는 'translation'이라는 단어가 성자의 유물을 한 성지에서 다른 성지로 옮기는 걸 의미했다고 해. 유물이 있는 장소가 달라질 뿐 유물 자체를 바꾸는 게 아니라는 거지. 그러니까 어원적으로 파악하자면 번역은 원전을 이쪽에서 저쪽으로 옮겨야 하는 거야. 거기 묻은 땀 냄새나 핏자국까지 말이지. 한편 현대 번역학의 시조로 꼽히는 로만 야콥슨은 언어를 기호로 파악했어. 그러니까 그가 말하는 번역이란 일종의 대안 기호였던 셈이지. 어떤 경우든 간단한 일이 아니야. 그가 말하는 언어 내의 번역, 언어 간의 번역 그리고 기호 간의 번역 모두 형식 안에 담겨 있으면서 형식을 넘어서니까. 어쩌면 번역자들이 하고 있는 언어 간의 번역이 가장 간단할 수도 있어. 한 언어를 다른 언어로 해석하는 것이 언어기호를 비언어적 기호로 해석하는 것보다는 쉽지 않겠어? 게다가 우리에겐 기댈 수 있는 어원이라는 언덕이 있잖아.

흠, 내가 보기에는 언어 간의 번역이 가장 어려울 것 같은데, 어쨌든 번역자는 말言語의 봇짐을 운반해야 한다는 거지. 그러려면 잘 먹어야지. 지타가 가방에서 먹기 좋게 포장해 온 샌드위치를 꺼냈다. 그렇고말고. 내가 해수욕을 좋아하는 것도 같은 이유에서야. 크리스토프가 샌드위치를 한입 크게 베어 물며 웃었다.

바다와 카페 외에 크리스토프가 좋아하는 게 있다는 걸 알게 되는 데에는 그리 오랜 시간이 걸리지 않았다. 소설 읽기. 10대 때부터 지니게 된 오랜 습관이라고 했다. 나는 혼자서 카페에 간

적이 없어, 언제나 소설과 함께였어, 라고 말하며 그는 웃었다. 책을 읽는 사람에게는 현실과 평행하는 또 하나의 세계가 존재한다. 그가 책을 읽는 동안 그 세계는 현실 세계만큼의 실재성을 갖고 그에게 육박한다. 그 세계 속의 인물들과 울고 웃는다. 크리스토프는 영국에서 영국인 아버지와 벨기에인 어머니 사이에서 태어나 10대 때 벨기에로 갔다고 했다. 그런 그가 이시구로의 작품을 읽으며 영어를 쓰는 작가들에게서 만나기 어려운 독특한 문장을 보았다고 말해서 나는 반가웠다. 물론 영어가 반은 모국어인 크리스토프가 그렇게 느낀다고 해서, 이시구로의 문장에 국지적인 동질감을 넘어서는 그 무엇이 있다는 걸 확인했다고 해서 그의 작품이 더 위대해지는 건 아니다. 위대함에 대한 이야기가 나왔으니 말인데, 이시구로의 작품은 위대함으로 천천히 다가가는 그 무엇을 갖고 있다. 훨씬 많이 팔리고 훨씬 재미있는 몇몇 인기 작가가 죽었다가 깨어나도 가질 수 없는 그것을.

크리스토프와 나는 『창백한 언덕 풍경』의 마지막 부분을, 『떠도는 세상의 예술가』의 '손에 잡히지 않는 아름다움'을 이야기했다. 세상에는 이시구로를 좋아하는 사람과 그렇지 않은 사람이 있는데 우리가 이렇게 만난 거라며 쿡쿡 웃었다. 『나를 보내지 마』의 마지막 두 문단이 생각났다. 그건 내가 어떤 인터뷰에서 '내가 사랑한 문장'으로 꼽은 것이었다. 나는 그 질문을 받고 '임팩트'가 강한 한 문장으로 대답하는 것이 맞겠다고 생각했다. "이 세상이 너를 잊었다면 / 고요한 대지에게 말하라, / 나는 흐른다고. / 급류에게 말하라, 나는 존재한다고"(릴케, 『오르페우스에게 바치는 소네트』) 같은 것을 골라야겠다고 생각했지만 정작 떠오른 것은 얼핏 보기에 특별할 것 없는 다음의 두 문단이었다. 캐시가 어린 시절 이후 잃어버린 것들을 회고하는 이 마지막 부분을 나는 스무 번쯤 읽었고, 읽을 때마다 울었다. 그 눈물은 문학의 본질에 가닿는 어떤 것이었다. 기자는 지면에 싣기에는 너무 긴 이 두 단락을 한 문장도 자르지 않고 실었다.

내가 멋대로 규칙을 어긴 때가 있다면, 토미가 죽었다는 말을 들은 지 두어 주 후 실제로 전혀 그럴 필요가 없었는데도 차를 몰고 노퍽에 갔을 때다. 특별히 찾는 것도 없었고, 해안 끝까지 간 것도 아니었다. 아마도 나는 아무것도 없는 평평한 들판과 거대한 잿빛 하늘을 바라보고 싶었던 것 같다. 어느 순간 나는 한 번도 간 적 없는 길을 달리고 있는 나를 발견했다. 30분 동안 나는 그곳이 어디인지 알 수 없었고 알고 싶지도 않았다. 이따금 내 차의 엔진 소리에 놀란 새 떼가 밭고랑에서 날아오르는 것 외에는 아무런 변화도 없는 평평하고 평범한 들판이 이어졌다. 이윽고 나는 도로에서 멀지 않은, 한두 그루의 나무가 서 있는 어떤 지점을 발견하고 그곳으로 가서 차를 세우고 밖으로 나왔다.

방대한 경작지가 펼쳐진 곳이었다. 두 겹의 철망으로 된 담장 때문에 밭으로 들어갈 수 없었다. 수 킬로미터에 걸쳐 바람을 막아주는 것이라고는 내 앞에 있는 서너 그루의 나무들뿐이었다. 그 철망으로 된 담장에, 특히 낮은 쪽 철망에 각종 쓰레기들이 걸려 있었다. 마치 해변에 잡동사니가 밀려와 있는 것 같았다. 그것들은 바

람에 실려 수십 미터를 날아와 그 나무들에, 두 줄의 철망에 이른 것이 분명했다. 나뭇가지에도 깨진 플라스틱판과 낡은 가방 조각들이 걸려 있었다. 바로 그 순간 거기에 서서 그 기묘한 잡동사니들을 바라보며, 텅 빈 들판에 바람이 지나가는 것을 느끼며 나는 환상에 가까운 상상을 하기 시작했다. 왜냐하면 요컨대 그곳은 노퍼크였고 토미를 잃은 지 겨우 두어 주밖에 되지 않았기 때문이다. 내 머릿속에서는 그 잡동사니들, 나뭇가지에 걸린 플라스틱 조각, 해안선 같은 철망을 따라 걸려 있는 기묘한 물건들이 떠돌고 있었다. 나는 반쯤 눈을 감고 상상했다. 어린 시절 이후 잃어버린 모든 것들이 이곳에 모여 있다고. 이 앞에 이렇게 서서 가만히 기다리면 들판을 지나 저 멀리 지평선에서 하나의 얼굴이 조그맣게 떠올라 점점 커져서 이윽고 그것이 토미의 얼굴이라는 것을 알아보게 되리라고. 이윽고 토미가 손을 흔들고, 어쩌면 나를 소리쳐 부를지도 모른다고. 이 환상은 그 이상으로 진전되지는 않았다. 그 이상 진전시킬 수가 없었다. 눈물이 얼굴을 타고 흘러내렸지만 나는 흐느끼지도, 자제력을 잃지도 않았다. 다만 잠시 그렇게 서 있다가 차로 돌아가 가야 할 곳을 향해 출발했을 뿐이다.

낯설지만 왠지 이미 내 안에 있었던 것처럼 익숙한 슬픔, 잊을 수 없는 슬픔, 인간을 정화하는 슬픔, 그 슬픔을 그려내는 이시구로의 문장들. 문장이 좋으면 번역이 쉬워지는가? 그렇지 않다. 오히려 도착어의 문장이 그 맛을 품게 하기 위해서 고심하는 고통이 따른다. 하지만 내게 이시구로의 문장은 무척이나 자연스럽게 다가왔다. 별다른 노력을 기울이지 않고 내가 해오던 대로 그냥 써내려가는 기묘한 느낌이 들기도 했다. 일부러 원서의 페이지를 넘기지 않고 그가 썼음 직한 문장을 키보드로 두드리고 나서 원문을 확인한 뒤 유치하게도 야호, 하고 외친 적도 있다. 담담한 문장만큼 질리지 않는 문장도 없다. 이시구로의 문장은 그런 기품을 지니고 있었고 그걸 아는 누군가와 함께 이야기할 수 있어서 그 해변은 더 아름다웠다.

크리스토프와 나는 개인적인 이야기를 많이 하지 않았다. 브뤼셀에 방 세 개짜리 아파트를 갖고 있는데, 그중 두 개는 늘 비어 먼지와 함께 있고, 브뤼셀에서는 유럽의 모든 곳을 편하게 왕래할 수 있다는 걸 기억해두라고 그는 말했다. 크리스토프가 콜레주에 머문 기간은 2주 정도였는데, 그중 일주일은 내가 여행을 하느라 콜레주를 비웠으므로 그와 나는 잘 아는 사이라고 할 수 없었다. 그럼에도 우리가 나눈 두 차례의 긴 대화는, 아니 은근하고 따뜻했으며 몰라도 그리 아쉬울 것 없는 이시구로의 문장에 대한 공감은 그와 나를 어떤 지점에서 만나게 해주었다. 어느 날 오후 그가 쉬잔과 함께 내 방문을 두드렸을 때, 나는 달콤한 낮잠에서 깬 것이 화가 나기는커녕 우리가 만나는 지점을 확인받은 듯 기뻤다. 나 지금 떠나. 너한테 인사 없이 가고 싶지 않았어. 나는 그를 얼싸안고 비주를 했다.

2015년에 이시구로는 새 소설을 출간했고, 나는 내 기존 번역서들을 낸 출판사가 아닌 다른 출판사의 편집자로부터 그 책을 번역해줄 수 있는지 묻는 메일을 받았다. 여러 통의 메일 끝에 결국 그 번역을 하지 않기로 했다. 뭐든 놓아야 할 때도 있는 법. 다만 그것을 하지 않기로 최종 결정을 내렸을 때 크리스토프 생각이 잠깐 떠올랐다. 브뤼셀을 지나게 될 때 그와 차를 한 잔 하게 될까. 혹시 하게 된다면 이 논쟁적인 책도 좋은 화젯거리가 되리라. 내가 이 책을 왜 번역하지 않았는지에 대한 뒷이야기 역시. 아, 그리고 그가 그 작품을 어떻게 생각하는지도 듣고 싶다. 역시 차한 잔 하는 게 좋겠다. 브뤼셀에 들르게 된다면.

번역자와 천사를 한 화폭에 그리다

카라바조

　　바로크미술의 거장 카라바조의 테네브리즘tenebrism은 화폭의 테네브라tenebra. 어둠를 거의 주인공의 위치까지 끌어올린다. 바로크미술의 주된 특징인 강조된 명암법이 카라바조에 이르러서는 테크닉을 넘어서는 자리를 얻는다. 그러니까 카라바조의 어둠은 그가 그린 예수의 상처나 천사의 날개, 성서 위의 해골 같은 존재감을 갖는다. 이는 어쩌면 '빛'을 읽는 방식이라고 할 수 있다. 격하고 강한 명암의 대조는 화가가 강조하고자 하는 바를 가장 효과적으로 보는 이에게 전달한다.

　　발레리 라르보는 1946년에 펴낸 번역자와 번역에 대한 자신의 책 제목을 '성 히에로니무스의 가호 아래'로 정한 이유를 책의 서두에서 자세하게 설명한다. 그는 책의 1부를 번역자들의 수호성인 성 히에로니무스에 관한 이야기로 채우는데, 그 서술 방식이 어찌나 은근하고 정교한지 발레리 라르보를 높이 평가하는 나로서는 그가 번역해 들려주는 성 히에로니무스에 귀를 기울이지 않을 수 없었다. 그러다 보니 로마에 몇 차례 갔으면서도 성 히에로니무스의 유해가 있다는 산타마리아 마조레 성당에 가보지 않은 게 무슨 잘못처럼 여겨졌다. 최소한 번역을 한다는 사람이 번역자

177

의 수호성인의 묘는 찾아봤어야 하지 않는가.

성 히에로니무스는 프랑스어로 성 제롬이고, 348년에 로마 제국 소속으로 지금의 유고슬라비아에 해당하는 아퀼레이아에서 태어나 420년에 베들레헴의 수도원에서 세상을 떠날 때까지 평생을 수도와 번역에 바친 인물이다. 그는 신약성서와 구약성서를 그리스어에서 라틴어로, 나중에는 히브리어로 된 구약성서를 라틴어로 직접 번역했다. 그가 번역한 『불가타 성경』은 원문에 충실하고 정확하며 쉽게 이해할 수 있어서 '베르시오 불가타versio vulgata, 일상어판 성경'로 불린다.

히에로니무스의 문장은 "생생하고 인간적 온기를 품고 있으며 에너지에 넘치는"(발레리 라르보) 것으로 인정받았고, 그의 『불가타 성경』은 1546년 트리엔트 공의회에서 로만 가톨릭의 공식 성경으로 지정되었다. 원문에 충실하고 정확하며 쉽게 이해할 수 있는 라틴어로 번역되었다는 것이다. 이 라틴어판 성경은 후대에 종교개혁을 시작한 루터에 의해 대중이 접근하기 쉬운 독일어로 다시 번역된다. 지금은 배웠다는 기억조차 사라져버린 라틴어 격변화를 떠올려보면 아무리 '대중적인' 번역이었다 해도 접근하기에는 무리가 있었을 것이다. 라르보를 통해 히에로니무스의 이름만을 알고 있던 내가 다시 그를 떠올리게 된 것은 카라바조의 그림 때문이었다.

그날 나디아와 나는 아침을 먹고 몽펠리에로 출발했다. 우리는 기차를 타고 생로슈 역에 내렸다. 내가 몽펠리에에 가자는 나디아의 제안에 동의한 것은 아를에 머무는 동안 근처의 도시들을 봐두자는 생각도 있었지만 사실은 폴 발레리 때문이었다. 20대 중반부터 30대 중반까지 폴 발레리는 나의 시인이었고, 그는 내 제단에서 내려온 이후에도 언제나 특별한 인물로 남아 있었는데, 바로 그가 몽펠리에에서 대학을 다녔던 것이다. 그의 묘지가 있는 세트에 다녀온 후 나는 기회가 되는 대로 몽펠리에도 가봐야겠다고 생각하고 있었고, 묻혀 있던 그 생각이 나디아의 제안에 몇 년 만에 되살아났다.

그런데 뜻밖에 나는 몽펠리에에서 카라바조를 만났다. 파브르 미술관에서 카라바조 특별전을 하고 있는 것을 발견한 순간 나는 트램을 타고 아치형 수로를 지나 생피에르 대성당에 가겠다는 원래의 계획을 잊었다. 바티칸과 루브르, 런던 그리고 이탈리아 각지에서 온 엄청난 카라바조 작품들을 두고 나는 다른 곳에 갈 수 없었다. 몽펠리에대학에 가보겠다는 생각도 저만큼 물러났다. 우리는 한 시간 삼십 분짜리 시티투어버스를 타고 몽펠리에 여기저기를 둘러보았다. 그런 다음 나는 나디아와 헤어져 혼자 미술관으로 들어갔고, 점심에 나와 다시 나디아와 합류해 미술관 근처 광장의 한 식당에서 파스타를 먹은 다음 다시 미술관으로 들어가 문 닫을 때 나왔다. 아, 이 남자, 성경 속 인물을 피가 통하는 이웃 사람으로 그려내는 이 놀라운 남자, 카라바조! 옆구리의 못 구멍에 손을 넣어보는 도마의 의심에 찬 표정과 그를 바라보는 예수. 그 그림 앞에서 나는 한참 동안 움직일 수 없었다. 지식이나 고증 같은 것을 넘어서서 곧장 심장에 와서 꽂히는 에너지. 카라바조는 그 에너지를 그려낼 줄 알았다.

그리고 카라바조가 그린 성 히에로니무스가 있었다. 사실 히에로니무스를 그린 사람은 카라바조만이 아니다. 잠피에리, 루벤스, 조반니 산티, 심지어 미완성이긴 하지만 레오나르도 다빈치 역시 그의 초상화를 그렸다. 그러나 번역자의 수호성인 히에로니무스 초상의 압권은 역시 카라바조의 그림이다. 카라바조의 〈천사의 방문을 받은 히에로니무스〉에는 제목처럼 날개 달린 천사와 어깨를 나란히 한 히에로니무스가 나온다. 아무리 복잡한 구성의 그림을 그릴 때에도 밑그림을 그리지 않았다는 카라바조. 그런데 언제나 모델을 두고 대상의 윤곽을 확인해가면서 그림을 그렸다는 카라바조는 누구를 데려다 히에로니무스의 모델로 삼았을까? 카라바조가 보기에는 어떤 인물이 이 번역자의 성인의 특징을 담고 있다고 여겨졌을까. 그 그림을 보면서 나는 나도 모르게 미소가 지어졌다. 번역이란 멋진 일 아닌가! 무려 천사와 한 화면에 담기다니. 나아가 천사의 시중을 받는 듯 보이다니. 히에로니무스가 번역한 것이 성서였다는 걸 잊어서는 안 되지만, 이 정도의 보상이라면 아무리 적은 보수라도 감수할 만하지 않은가. 나는 그 순간 라르보를 본받아 히에로니무스의 이름을 가만히 중얼거리고 싶은 마음이 들었다. 번역자들 가운데 가장 보잘것없는 나 같은 이도 "그로 인해 자신의 가치를 깨닫고 소명의 의무와 영예를 되새기게 되기"를!

카라바조의 그림은 깊은 배경 어디엔가 작은 창 하나가 뚫려 있는 것 같다. 그 창을 통해 한 줄기 빛이 그림 속으로 들어온다. 그 빛이 강조하고 있는 것은 어둠이다. 카라바조의 그림은 하늘이 아니라 지상을, 신이 아니라 인간을 보여준다. 그 빛이 성인의 미간과 이마의 굵은 주름을 비춘다.

그리고 문진인 양 책을 누르고 있는 해골이 있다. 그러니까 펼쳐진 성서 위에 '메멘토 모리'가 얹혀 있다. 그럼으로써 모든 살[肉]은 사라진다는 것을 번역하는 이에게, 쓰는 이에게, 보는 이에게 환기시킨다. 2차원의 평면에 3차원의 입체감을 주는 카라바조의 명암법 속에서 한때 살로 덮여 있었을 그 해골을 바라보며 나는 폴 발레리의 "검은빛 황금빛의 여윈 불멸"과 "텅 빈 두개골"을 떠올렸다.

그리고 그대, 위대한 영혼이여, 하나의 꿈을 바라는가?
이승의 파도와 황금이 육[肉]의 눈에 만들어내는
그런 거짓의 빛깔이 더 이상 존재하지 않는 꿈을,
그대 연기로 사라질 때 노래하려는가?
가라! 모든 것은 사라지나니! 나의 현존은 구멍투성이,
극도의 초조감 역시 죽는 것을!

그럼에도, 검은빛 황금빛의 여윈 불멸이여,
죽음으로 어미의 젖가슴을 만들고,
아름다운 거짓말과 경건한 책략을 만드는
고통의 월계관을 쓴 위로자여!
그대는 알지 못하나 거부하지 않는다.
이 텅 빈 두개골과 이 영원한 웃음을!

바람이 분다, 살아야겠다!

거대한 대기가 내 책을 펼쳤다가 다시 닫는다.

부서진 파도가 바위로부터 용기 있게 튕겨 나온다.

날아가라, 온통 눈부신 책장들이여!

부수어라, 파도여! 뛰노는 물살로 부숴버려라.

삼각돛들이 잠식하는 이 고요한 지붕을!

— 「해변의 묘지」, 김현 옮김

프랑스 상징주의 시인들의 언어에 대한 치열한 천착은 신의 말씀을 인간의 언어로 번역해야 했던 히에로니무스의 고민과 닮아 있다. 발레리의 시 속에서는 불멸과 필멸이 만나는데, 어이없게도 필멸할 수밖에 없는 이승의 파도가 고요한 불멸을 부숴버린다. 그리고 시인은 말한다. "바람이 분다, 살아야겠다"라고. 발레리는 스승 말라르메에 대한 적확하고도 간곡한 글에서 말라르메가 자신이 쓰는 단어들에 대한 '학문'이라고 할 만한 것을 갖고 있었다고 썼다. 언어의 내적 공간을 파헤치는 자기만의 곡괭이를 갖고 있었다는 것이다. 가느다란 한 줄기 광맥을 따라 밤새워 바위를 깨뜨린다. 글과 삶 모두에서 결벽에 가까울 정도로 엄정했던 스승과 제자는 시의 완성이 곧 정신의 완성으로 통한다고 믿었다. 프랑스 상징주의가 문학 너머로 발돋움하는 지점이다. 실제로 폴 발레리의 『노트Cahier』에서 많은 부분이 과학과 수학에 관한 탐색과 명상에 바쳐진다. 하지만 말라르메는 철저히 문학 안에 있었다. 그는 비루한 일상 속에서 유리창 밖으로의 비상을 꿈꾼다. 시인에게 하늘의 모습을 보여주는 유리창은 밖으로 나가기 위해 깨어버려야 할 장애물이다. 초월의 세계를 보여주는, 그 비쳐 보이되 완벽하게 투명하지 않은 유리창에 진토에서 뒹구는 비루한 시인의 모습이 비친다. 그는 고민한다. 과연 방법이 있을까, 이 "구멍투성이의 현존"에서 탈출할 방법이.

> 방법이 있을까, 오 이제 삶의 신산을 아는 나 자신이,
> 괴물에게 훼손당한 수정유리를 깨뜨리고
> 깃털 없는 내 두 날개로 도망칠 방법이 과연 있을까?
> 영원 속으로 추락할 위험을 무릅쓰고.
>
> ──스테판 말라르메, 「유리창들」 일부, 김남주 옮김

한편 히에로니무스는 다른 방식으로 자신의 삶을 붓으로 삼았다. 그는 평생 수사로 살면서 앎과 삶을 일치시키기 위해 고민했다. 생활을 생각에 맞추고 책장이 넘어가지 않도록 눌러놓은 해골 문진으로 삶의 유한성을 매 순간 환기하면서 삶 너머에 눈을 두고 초점을 옮기지 않았다. 그렇게 그는 히브리어 성서 원전을 라틴어로 번역했다. "단어를 단어로 옮길 것이 아니라 의미를 의미로 옮겨야 한다"는 것을 기준 삼아서.

다시 카라바조의 그림을 본다. 몰타 섬 성요한 성당 부속 미술관에 소장된 그림이다. 번역자의 성인 히에로니무스는 노동하는 수도사답게 근육질의 벗은 윗몸에 붉은 천을 걸치고 왼손에 돋보기를 들고 책을 들여다본다. 머리 위로는 후광이 드리워져 있

183

지만, 앞쪽에서 비치는 빛 아래 드러난 성인의 이마와 미간에는 주름이 가득하고 반백의 머리카락은 대머리에 가깝게 성글다. 다만 펜을 쥔 오른손은 더없이 강건하고 튼튼해 보인다. 막중한 신의 말씀을 '옮기기'에 충분할 정도로.

정치적인 이유, 그거 아니면 뭐겠어

밀루틴 카다레

　도대체 이 열쇠가 이 방 거 맞아? 나는 손에 쥔 열쇠에 매달린 꼬리표를 살펴보았다. 7호실. 그런데 도대체 왜 안 열리는 거야? 나는 다시 한 번 열쇠를 돌렸으나 문은 열리지 않았다. 그해 체류 기간 동안 내게 배정된 7호실의 자물쇠는 특히 민감했다. 문손잡이를 왼손으로 잡고 오른손으로 열쇠를 돌려야 했는데 돌리는 시점과 손잡이를 잡아당기는 세기가 정확하게 맞물려야만 도어록의 가운데 부분이 툭 하고 조금 튀어나오면서 문이 열렸던 것이다. 어딘가 헐거워졌거나 문제가 생긴 것 같았다. 한참을 씨름하다 보면 결국 열린다는 게 사실은 더 문제였다. 고장이 확실하면 바로 사무실에 알리면 되는데. 나는 사무실에 말해서 수리를 부탁해볼까 하다가 문이 열리는 그 지점을 감지해낼 방법을 찾아보기로 마음먹었다.

　이른 아침이었다. 일어나자마자 창문을 열고 마룻바닥에 얇은 매트를 깔아 스트레칭을 몇 번 한 다음 재빨리 샤워를 하고 젖은 머리에 모자를 눌러쓴 채 동전을 챙겨 계단을 달려 내려가 바게트를 사온 참이었다. 나는 아직 따뜻한 바게트를 옆구리에 낀 채 지갑을 주머니에 넣었다. 한 손으로 해서는 도저히 안 열릴 모양이었다. 왼손으로는 손잡이를 쥐고 오른손으로는 열쇠를 돌렸다. 광장으로 들어오는 철문을 지나 비밀번호를 두 번 누르고 들어온 숙소 안, 내 방 앞에서 구식 열쇠가 요지부동으로 나를 들여보내주지 않았다. 도대체 왜 안 열리는 거야? 나는 짜증이 나서 좀 거칠게 문을 앞뒤로 흔들었다. 아무래도 고쳐달라고 해야겠어.

그때였다. 덜컹거리는 소리가 시끄러워서였을까? 옆방 문이 열리고 밀루틴이 무슨 일이냐며 묻는 표정으로 내게 다가왔다. 순간 내가 흠칫하고 놀라는 것이 나 자신에게도 느껴졌다. 밀루틴은 체격이 크고 머리카락이 사방으로 뻗친 유고슬라비아 번역자였다. 외모에 대해서는 좀 둔한 편이긴 하지만 밀루틴의 얼굴에는 무심히 넘겨버리기 어려운 무엇이 있었다. 특히 웃을 때 보이는 그의 고르지 않은 누런 이는 그 앞에서 무척 조심해야 할 것 같은 느낌을 주었다. 번역자의 눈빛이 따로 있는 것은 아니지만 좀 지나치게 번들거리는 그의 눈빛을 번역과 연결 짓기는 어려웠다. 게다가 왼쪽 눈 아래에는 칼자국을 떠올리게 하는 깊은 상처가 뚜렷했다. 그때까지 내가 그와 간단한 인사 외에 거의 이야기를 나눈 적이 없었던 것은 그런 그의 얼굴로 인해 부당하게 갖게 된 편견 때문이었을 것이다. 사실을 말하자면 어두운 길을 걷다가 지나가던 그의 얼굴과 무심코 맞닥뜨렸다면 헉하고 숨을 멈추었을 터였다.

변명하자면 이건 꼭 나만의 편견이랄 수도 없다. 몇 년 전 나는 파리에서 어떤 한국인 번역자를 동반해 사흘간 서울에서 온 출판인들과 관광 비슷한 것을 한 적이 있다. 지베르니에 갔던 날 오후 나는 한 가지 이상한 사실을 깨달았다. 그 번역자의 프랑스어와 나의 프랑스어 실력은 크게 차이가 나지 않는데 버스 운전사나 매표원, 카페의 가르송garçon, 종업원들이 내 말은 듣는 둥 마는 둥 하면서 그의 말은 경청했던 것이다. 그의 발음이 더 좋은 것도 아니었고 말하는 속도도 비슷했다. 나는 도대체 내가 왜 그런 홀대를 받아야 하는지, 아니 왜 그가 그런 우대를 받는 건지 궁금했다. 그러다가 얌전해 보이는 가르송이 고개를 숙이고 탁자를 닦으며 방만하게 그의 말을 듣다가 고개를 들었을 때 흠칫 놀라며 자세를 바로잡는 모습을 보고 이유를 알 수 있었다. 동양인치고 좀 많이 위로 올라간 그의 눈매와 그 바로 아래쪽의 흉터 때문이었다. 물론 그에게 확인해본 바 없으니 이건 내 짐작일 뿐이다.

밀루틴 카다레를 처음 만났을 때 나는 이름 때문에 즉각 『죽은 군대의 장군』을 쓴 알바니아 작가 이스마일 카다레를 떠올리고 내 멋대로 그가 알바니아 사람일 거라고 짐작했다. 하지만 그는 유고슬라비아인이었다. 동구 여러 나라 사람을 만나면서 나는 그 지역에 대한 나의 무식이 심각한 수준임을 깨달았다. 1993년 체코슬로바키아 연방이 해체된 지 오래되었음에도 체코와 슬로바키아를 합쳐서 부르는 실수를 하기도 했다. 그러면서 지난날 파리에서 한국과 일본이 같은 언어를 쓰느냐고 물었던 프랑스 지인을 한심하게 생각했던 과거의 나를 떠올렸다. 체코어와 슬로바키아어가 다르다는 걸 아주 최근에야 알았으면서 말이다. 지금도 나는 체코와 슬로바키아의 국기를 구별하지 못한다. 유고 연방이 슬로베니아, 크로아티아, 보스니아-헤르체고비나, 마케도니아, 몬테

189

네그로, 세르비아 등으로 분리되었다는 사실도 찾아보고서야 알았다.

어느 날 테라스에서 열린 자연발생적 수아레에서 나는 밀루틴의 이야기를 듣게 되었다. 자연발생적 수아레란 한두 사람 주변으로 다른 한두 사람이 포도주 잔을 들고 합류하고 다시 한두 사람이 더해지는 식으로 테라스의 의자들이 꽉 채워지는 상황을 말하는데, 그런 일은 일주일에 한두 번쯤 일어났다. 그날 나는 밀루틴이 알바니아인일 거라고 속단하고 그와 단둘이 남게 된다면 카다레 이야기로 화제를 풀어가야겠다고 생각하고 있었다.

그날은 웬일인지 그가 화제의 중심이었다. 쩌렁쩌렁 울리는 그의 목소리를 모두 경청했다. 그의 아버지는 그가 태어나자마자 감옥에 가서 40년을 보낸 다음 출소한 지 얼마 되지 않아 세상을 떠났다고 했다. 성인이 되기 전부터 그는 아픈 어머니를 부양해야 해서 말 그대로 안 해본 일이 없었다. 그저 배부르게 먹고 싶어서 갱단에 들어갈 생각까지 했다고. 그러더니 40년, 감옥에서 보낸 40년을 생각해보라고, 그가 여러 차례 그 말을 반복했다. 그 순간 어이없게도 이렇게 묻는 내 목소리가 들려왔다. 왜? 정치적인 이유 때문에? 맙소사, 무의식이 이렇게 발각되다니. 밀루틴이 내 쪽으로 고개를 돌리더니 힐난하듯 되물었다. 그거 아니면 뭐겠어?

티토 정권 이전, 그러니까 안테 파벨리치가 유고 연방을 해체하고 가톨릭 독립국가인 크로아티아의 독립을 선포하는 과정에서 수십만 명의 애꿎은 사람들이 투옥되거나 학살되었다. 내 아버지의 잘못이라고는 정교회 신자라는 것뿐이었어. 테라스의 낮은 담장 너머 아를의 어둠은 깊어가고 우리는 아비의 얼굴도 모른 채 세상과 맞서야 했던 그의 이야기를 들으며 술잔을 비웠다. 우리 중 누구도 잘려나간 그의 둘째 손가락 마디에 대해 묻지 않았다. 그가 살아온 신산한 세월이 가슴 한편을 서늘하게 했다.

이 열쇠로 5분은 씨름해야 내 방문이 열릴 거 같습니다. 나는 그에게 말을 놓지 않고 부부아예vouvoyer, 존댓말를 했다. 내가 좀 볼게. 열쇠 이리 줘볼래? 하지만 그는 단번에 말을 놓았다. 밀루틴의 목소리는 크고 발성은 세찼으며 음색은 거칠었다. 그런데 그의 동작은 무서운 얼굴, 우람한 체격, 거친 음성과 상반되게 무척 정돈되어 있었다. 그는 턱을 치켜들고 천장을 바라보면서 내 방 문손잡이를 왼손으로 잡고 오른손으로는 천천히 열쇠를 돌렸다. 딸깍, 단번에 문이 열렸다. 이런! 나는 용기를 내서 그에게 문을 다시 잠그고 다시 열어봐달라고 부탁했다. 이번에도 역시 딸깍하고 문이 열렸다. 그가 나에게 열쇠를 돌려주려는 순간 나는 내게 자물쇠가 열리는 그 지점을 알려줄 수 있는지 물었다. 알려주고 말고 할 게 없는걸. 이건 문이고 이건 맞는 열쇠라고. 그의 얼굴에는 웃음기도 없었다. 사실 웃을 일도 아니었다.

그를 옆에 세워둔 채 나는 다시 열쇠를 돌렸다. 문은 열리지 않았다. 그렇게 몇 차례 열쇠가 그와 내 손을 왔다 갔다 한 다음에야 나는 거의 단번에 그 문을 여는 요령을 터득할 수 있었다. 문제는 열쇠나 자물쇠에도 있었지만 나에게도 있었다. 이윽고 밀루틴이 내 방 자물쇠가 지나치게 민감한 것 같다고 한마디 해주었다. 자기 방보다 훨씬 그런 것 같다고. 정말 고마워. 지나치지 않고 문 여는 걸 도와줘서. 아니, 문을 열어줘서. 이번에는 나도 튀투아 예를 했다. 온 지 일주일이 넘었는데 아직도 내 방문을 제대로 못 여는군. 그러니까 난 네가 필요해. 나는 연습 삼아 다시 왼손으로 문을 은근히 잡아당기면서 오른손으로는 열쇠를 돌리며 나머지 말을 덧붙였다. 내 방문을 열기 위해서 말이야. 그 순간 그의 목덜미가 확 달아오르는 게 보였다. 붉어진 그의 얼굴을 뒤늦게 확인한 당혹감과 마침내 문이 열리는 각도와 세기를 알아냈다는 기쁨이 동시에 나를 관통했다. 나는 재빨리 방 안으로 들어왔다. 창으로 쏟아지는 빛이 눈부셨다.

　방 안의 아래쪽 창문과 침대가 놓인 위쪽 창문에는 커튼이나 블라인드 같은 것이 없었다. 나는 처음에 아를 지도를 펼쳐서 창문에 붙여놓았다가 장에서 적당한 커튼을 발견해 아래층 창에 달았다. 위층 침실 창에는 커튼을 칠 필요가 없었다. 그 창은 지붕 위로 나 있어서 낮이면 아를의 햇살이 쏟아져 들어왔고 밤이면 캄캄한 하늘에 빛나는 별을 보여주었다. 수면에 방해가 될 정도는 아니었고, 무엇보다 하늘의 새들 이외에는 아무도 방 안을 들여다볼 수 없었다. 지붕이 기울어진 쪽으로 다가가면 머리가 천장에 부딪치는, 그 낮고 조그맣고 아무것도 없는 공간. 그곳에서는 거의 완벽하게 혼자 있을 수 있었고, 나는 그런 식으로 혼자가 되는 방식이 내게 몹시 필요했다는 것을 깨달았다. 그러니까 콜레주에서 가장 좋았던 점은 물론 번역자 간의 교류였지만 다수와의 소통 후에 고스란히 떨어지는 말의 낙진을 소화하기 위해서는 규칙적으로 혼자가 될 필요가 있었다. 혼자 떠나고 싶으면서도 혼자

하는 여행을 불편해하는 나에게 아를의 콜레주는 풍성한 교류와 완벽한 고독을 동시에 가능하게 해주는 이상적인 곳이었다.

그런 도움을 받은 후 나는 밀루틴에게 고마움을 표할 기회가 있었으면 했다. 이번에는 열쇠가 아니라 문학 이야기를, 이스마일 카다레 이야기를 해보리라 마음먹었다. 사실을 말하자면 내가 그와 그런 대화를 꼭 원하는지 나 자신도 불확실했고, 그가 이스마일 카다레를 알고 있을지조차 확신할 수 없었다. 하지만 왠지 그와 이야기를 해야 할 것 같았고, 이스마일 카다레가 고발하는 전체주의 독재의 그림자를 유고 역시 공유하고 있었으므로 그와 나누기에 괜찮은 주제라고 생각했다. 한국 역시 그 비슷하게 비극적인 현대사를 공유하고 있노라고 알려주고 싶었다.

이스마일 카다레는 알바니아어로 글을 썼는데, 우리는 그의 소설이 프랑스어로 번역된 것을 정본으로 삼는다. 10여 년 전에 카다레 작품 번역을 의뢰받았을 때 내가 그것을 거절한 것은 알바니아어를 프랑스어로 번역한 것을 다시 한국어로 번역해야 한다는, 요컨대 중역이어서가 아니라, 카다레라는 작가의 작품을 번역하기에는 내가 그 나라의 정치적 상황에 대해 몰라서, 바탕 공부에 품이 너무 많이 들 것 같아서 그리고 카다레의 문체가 나의 문장과 잘 어울릴 것 같지 않아서였다. 하지만 내게는 오랫동안 중역에 대한 거리낌이 있었던 것 같다. 사실 중역이라고 해서 불충실한 것도 아니고 원본을 바로 번역했다고 해서 꼭 충실한 번역인 것도 아닌데 말이다. 실제적인 면에서도 이스마일 카다레가 프랑스어 번역판을 작품의 원본으로 허용하지 않고 알바니어판을 고집했다면 그는 지금 같은 운명을 얻지 못했을 것이다. 나는 아직까지 그의 이름을 들어보지 못했을지도 모른다.

중역 역시 하나의 과정이다. 하나의 언어에서 다른 언어로 바로 옮겨지지 못할 경우 출발어와 도착어 사이에는 다른 언어가 하나 더 놓인다. 이것을 한 사람의 역자가 아니라 두 사람의 역자가 원문에 개입하는 것으로 보아야 할까? 줄리아 크리스테바와 함께 구조주의 문학 이론을 수립한 제라르 주네트는 번역을 "겹쳐 쓴 양피지"에 비유한다. 양피지 위에 원래 쓰인 글자들을 긁어내고 그 위에 다시 글자를 쓰면, 아무리 잘 긁어냈다 해도 새 글자 아래에는 여전히 이전 글자들의 흔적이 남아 있다. 원문이 비치고 그 원문을 번역한 제1번역문이 비친다. 그리고 독자는 글자의 의미를 새기면서 이전 글자들의 흔적을 본다. 무의식적으로라도. 이런 과정이 두 개의 언어, 두 사람의 번역자 사이에 일어나는 것이 중역일 터.

에즈라 파운드는 중국 시를 영어로 번역해 서구에 소개했다. 언젠가 내가 만난 미국 친구가 이백李白701~762의 〈장진주사〉를 알고 있는 것에 놀란 적이 있다. 파운드의 번역이 이루어낸 위업이랄까. 그런데 파운드는 중국어도 일본어도 할 줄 몰랐다. 그러니까 그는 다른 사람'들'의 원고를 바탕으로 영어판 당시唐詩를 '지은' 것이다. 번역자이자 번역학자인 수전 바스넷은 이렇게 말한다. "내가 파운드를 옹호할 때는 바로 원본을 바꿀 때마다 그 결과물이 아름다운 경우다."

1920년대 우리나라에 외국 문학을 소개한 최남선은 톨스토이 다음으로 빅토르 위고를 좋아해서 『레미제라블』을 번역했는데, 프랑스어에서 직접 옮긴 것이 아니었다. "불행하게도 원문을 읽지 못하여"서 "일본어 번역본에서 중역하되 그것마저도 전재 적역한 것을 다시 중역하였다"라고 쓰고 있다. 그러니까 나무를 전지하듯 원문을 잘라가며 번역한 것을 중역했다는 것이다. 그가 옮긴 『레미제라블』의 우리말 제목은 '너 참 불쌍타'였다고 한다.(김욱동, 『근대의 세 번역가 서재필·최남선·김억』) 탁월하다!

며칠 후 나는 드디어 식당 한편에서 누군가와 얘기 중인 밀루틴을 발견하고 그에게 다가갔다. 두 사람의 이야기가 끝나기를 기다렸다가 나는 그때 문 여는 걸 도와줘서 고맙다고 말했다. 밀루틴은 가만히 고개를 끄덕였다. 역시 진지하게 고마움을 표할 필요가 있었다. 나는 다시 입을 열었다. 카다레라는 성 때문에 처음에는 네가 알바니아인인 줄 알았어. 이스마일 카다레 말이야. 그말에 조금 전까지 부드러웠던 밀루틴의 표정이 다시 굳어졌다. 난 정치도, 정치소설도 싫어. 그래서 카다레를 읽지 않아. 하지만 그건 정치가 아니라 '문학'이잖아. 그럼 표현을 바꾸지. 난 '참여문학'이 싫어.

오타와대학 명예교수인 장 드릴은 '문학 번역과 번역자'라는 제목의 탁월한 특강을 다음과 같은 말로 마무리한다. "문학 번역자들은 단순히 하나의 직업에 불과한 것이 아니라 하나의 삶의 방식이다." 밀루틴 카다레가 이스마일 카다레를 피하는 것도 삶의 한 방식일 수 있다.

단발과 저음의 안나 카레니나

타티아나

내가 아를에서 만난 몇 명의 러시아 여자들은 네 종류로 나뉜다. 머리색이 연하고 눈빛도 연한 여자, 머리색이 연하지만 눈빛은 짙은 여자, 머리색은 짙고 눈빛이 연한 여자, 머리색도 눈빛도 짙은 여자. 타티아나는 마지막 범주에 드는 러시아 여자였다. 앞머리를 가지런히 내리고 턱선에서 자른 단발은 검게 반짝거렸다. 검은색 눈은 크고 깊었으며, 거기에서 나는 열정과 슬픔을 읽었다. 하지만 이런 주관적인 인상에는 보는 사람의 감정이 투사되기 마련이다. 타티아나와 안나 카레니나를 연결시킨 건 다분히 내 선입견 때문이었을 것이다.

그레타 가르보의 얼굴과 눈빛이 안나 카레니나의 이미지로 압권이라는 것을 인정하면서도 왠지 머리카락 색이 아쉬운 건 어쩔 수 없다. 그레타 가르보는 안나 카레니나를 두 차례 연기했다. 그 후에는 비비언 리가, 이어 키이라 나이틀리가 안나 카레니나가 되었다. 사실 브론스키는 누구라도 상관없다. 프레드릭 마치든, 키에론 무어든, 심지어 주드 로라도 크게 문제될 것이 없다. 이 작품은 오직 안나에 의한, 안나를 위한 것이므로. 안나의 머리카락은 윤기 나는 흑발이어야 한다. 그런데 타티아나가 그랬다. 특유의 흰 살빛을 배경으로 한 그녀의 눈은 푸른빛이 도는 검은색으로 크고 깊었다. 콜레주의 돌계단에서 검은 단발의 타티아나를 처음 만났을 때 그녀가 입고 있던 폭넓은 플레어스커트가 펄럭이듯 그녀의 몸에 휘감기는 장면은 안나와 브론스키가 키티를 절망시켰던 무도회의 한 장면을 연상시켰다.

그때 콜레주에 러시아 번역자들이 그렇게 많았던 것은 당시 러시아-프랑스 번역 파브리크fabrique, 워크숍가 열리고 있었기 때문이었다. 이런 식의 파브리크는 몇 해 전부터 진행되어온 것으로 해당 언어의 경험 많은 번역자 두 사람이 초심자 두 사람과 한 팀을 이루고, 이런 식으로 구성된 서너 팀이 약 3개월 동안 텍스트를 정해 공동 작업을 진행하고 그 결실을 발표, 출판하는 것이다. 출판 번역과 도제 방식을 통한 노하우의 계승과 축적을 연결시킨 것. 아를의 번역자회관에서 여는 번역과 관련된 많은 행사나 프로그램 중에서도 구세대와 신세대를 이어주며 실질적이고 구체적인 성과를 거두었다는 점에서 야심찬 작업이었다. 이 기획으로 번역을 처음 시작하는 사람들은 큰 도움을 받을 수 있고, 경험 많은 역자들로서는 자신의 경험을 후배에게 전수해주는 보람을 찾을 수 있을 터였다. 다만 이 기획은 초심자에게 이익이 되는 것은 확실하지만 경험자의 입장에서 보자면 파브리크 동안 아침 일찍부터 저녁 늦게까지 다른 모든 일정을 포기한 채 투철한 '사명감'으로 무장하고 해야 하는 일로 꼽혔다.

한국-프랑스 파브리크도 열렸다. 행사가 있기 두 해 전부터 나는 그런 행사가 있다는 것을 알고 있었지만 해당 기간 동안 시간을 낼 수 없어서 담당자의 부탁을 받고 그들이 관심을 가질 만한 역자와 기관의 연락처를 주었을 뿐 직접 참여하지는 않았다. 또한 평생을 통틀어 열심히 공부해본 적이 없는 허랑한 나 같은 사람으로서는 피해야 할, 욕심내서는 안 될 일이라고 내심 마음을 다잡아두기도 했다. 언젠가 영국 작가의 번역물 감수 제안을 받은 적이 있는데, 처음에는 그냥 읽던 원고를 어느새 한 줄 한 줄 원문과 대조해보고 있는 나 자신을 발견하고는 아, 이건 내가 할 수 있는 일이 아니구나, 싶어서 거절했던 경험이 있다. 오역은 당연히 바로잡아야겠지만 무수한 뉘앙스 차이, 시선의 차이를 책임지는 것이 번역이라면 문학 번역에는 혼자 책임져야만 하는 극히 개인적인 면이 있고, 그게 존중되어야 한다는 게 내 생각이다.

안나 카레니나는 꾸준히 새롭게 번역되는 고전 중의 하나다. 영어판 번역 역시 활발해서 1901년에 최초의 영역본이 나온 이래 많은 번역본이 나왔고 최근에는 옥스퍼드대와 예일대 출판부에서도 새로운 번역본이 출간되었다. 우리말로도 현재까지 10여 종의 번역본이 나와 있다고 하는데, 이 중에는 중역본도 들어 있다. 내가 처음 읽은 정음사판은 동완 번역으로, 놀랍게도 일본어나 영어의 중역이 아니라 1959년 모스크바에서 발행한 톨스토이 작품집을 원본으로 삼은 것이었다.

정음사판 세계문학과 을유문화사판 세계문학은, 내 나이대의 많은 이들이 그렇겠지만 내게 처음으로 세계문학의 길을 열어준 책 이상의 책들이다. 그 번역이 일본어에서 다시 옮긴 중역으로 원문의 손상이 만만찮다고 해도, 그 시기 그 책을 우리말로 읽을 수 있게 해주었다는 미덕만큼은 폄하될 수 없다. 차선이 최선일 때도 있는 법. 그 책들에는 최근 번역된 매끈하고 번쩍거리는 책들이 따라잡을 수 없는 추억의 아우라가 있다, 적어도 내게는. 조금 다른 얘기지만 톨스토이의 이 작품을 읽으며 내가 놀랐던 것은 당시의 러시아 귀족들에게 프랑스어가 모국어만큼, 아니 모국어 이상으로 친숙한 언어였다는 사실이다. 하인들이 듣지 못하도록 사적인 대화를 프랑스어로 하는 것은 당연하고, 심지어 귀족이 모국어인 러시아어를 유창하게 할 줄 안다는 것이 주목을 받을 정도였다.

번역에 대해 독특한 사유를 보여주고 있는 한 학자는 문학 번역의 "번역자에게 요구되는 것은 물론 문학작품을 문학작품이게 만들어주는 요소를 포착할 수 있는 능력"이라고 적절히 지적한다. 번역은 "나의 문자로 타자의 문자의 가장 깊은 저변을 파헤치는 작업, 나의 문장으로 타자의 문장의 가장 조밀한 조직을 길어 올리는 실험"인 것이다.(조재룡, 『번역하는 문장들』) 그리고 모든 실험은 실험적이다. 마르셀 푸르스트의 『잃어버린 시간을 찾아서』의 첫 문장이 그렇듯이 『안나 카레니나』의 첫 문장 "행복한 가정은 서로 닮았지만, 불행한 가정의 이유는 각각 다르다" 역시 엄밀히 말해서는 문학적이지 않다. 미셸 푸코가 지적했듯이 문학으로 들어가는 문턱은 언어 너머에 있는 것 같다.

앞서 말한 파브리크 때문에 나는 그해 콜레주에 도착한 첫날부터 대여섯 명의 러시아 번역자와 쌍을 이루는 프랑스 번역자들을 볼 수 있었다. 그들을 만나는 건 대개 아침과 저녁 무렵 식당과 연결된 주방에서뿐이었는데, 그도 그럴 것이 그들은 도서관에 따로 마련된 공간에서 아침 9시부터 저녁 6시까지 빡빡한 일정을 소화해야 했기 때문이다. 타티아나는 러시아 쪽 경험 많은 번역자로 프랑스 번역자와 짝을 이루어 초심자들을 지도하고 있었다. 안나와 브론스키의 관계는 물론 100퍼센트 불륜이지만 사랑을 두고 옳고 그름의 잣대를 갖다 대는 인간의 제도란 게 과연 뭐란 말인가. 이 망망한 영원의 바다에서 오직 한순간 풍랑 위에 떠 있는 우리에게. 그런데 따지고 보자면 실생활에서 타티아나의 입장이 안나가 아니라 오히려 그의 답답한 남편 쪽이었다는 걸 나는 나중에야 알았다. 세 라 비!C'est la vie! 인생이란 그런 것!

타티아나와 내가 처음부터 그렇게 많은 시간을 함께 보낸 것은 아니었다. 나는 원래 아침 일찍 일어나 도서실로 내려가서 그날의 작업 분량을 마치고 나머지 시간을 마음 편하게 놀겠다는 계획을 세워놓았는데, 날이 갈수록 뜨거워지는 아를의 태양 때문에 잘 진행되던 이 계획을 수정하지 않을 수 없었다. 정오 무렵부터 뜨거운 해가 아스팔트를 달구어서 콜레주 근처의 여름 공원이나 그늘 많은 골목길이 아니면 산책이 불가능했다. 원래 계획대로 아침에 일하고 점심을 먹고 여기저기를 돌아다니던 나는 한 달도 안 되어서 왼쪽 팔뚝에 몇 개의 반점이 생긴 것을 발견하고는 먹는 물이 원인일지도 모른다는 생각에 상표를 바꾸기로 했다. 그런데 반점은 가라앉질 않았다. 아무래도 병원엘 가야겠다고 증상을 설명할 단어들을 떠올리고 있을 때 타티아나의 쇄골 아래에서 내 팔뚝의 반점과 똑같은 것을 발견했다. 가려움증을 동반한 그 반

201

점이 일광 알레르기라는 것을 깨닫고 나는 산책 시간을 바꾸었다. 해가 뜨거워지기 전인 오전과 해가 설핏해진 저녁 시간에 나가기로 했는데, 마침 그 시간이 타티아나의 산책 시간이었다.

생트로핌 성당과 시청이 함께 있는 레퓌블리크 광장에서 강둑으로 나가는 길 중 하나인 레퓌블리크 가는 작은 골목길로 식당, 카페, 옷 가게, 소품 가게, 책방들이 자리 잡고 있다. 어느 날 산책에서 돌아오는 길에 나는 옷 가게 중 하나에서 실크처럼 가공된 폴리에스테르 민소매 블라우스를 하나 샀다. 네이비 바탕에 고동색 무늬가 있는 블라우스에는 여행 중인 내가 지나칠 수 없는 몇 가지 미덕이 있었다. 가볍고 쉽게 구겨지지 않으며 비치지 않고 시원하면서도 어깨 쪽의 러플로 팔을 가려준다는 것이었다. 여행 가방에 넣기에 적절한 옷이었다. 타티아나도 그렇게 생각한 모양이었다. 산책을 가는 나에게 그 옷이 잘 어울린다고 그녀가 말했고, 나는 그 옷을 산 가게의 위치를 설명하다가 아예 같이 가기로 했다. 그녀도 그 옷을 샀다. 우리는 카페에 앉아 커피를 시켰고, 한 시간 후 근처 식당으로 자리를 옮긴 다음 두 시간 후 생트로핌 성당까지 걸어가 다시 다른 카페에 앉았다. 그때 우리는 결혼 제도에 대해 길게 이야기한 것 같다. 콜레주로 돌아온 그녀는 그 옷으로 갈아입고 나오더니 사진을 찍자고 했다. 그러면서 몇 해 전 자신의 친한 친구와 같은 모자를 쓰고 찍은 사진을 찾아 보여주었다. 내게 그 시간은 같은 옷을 입은 흑발의 두 여자가 콜레주의 식당을 배경으로 웃고 있는 사진으로 남아 있다.

타티아나는 안나 카레니나를 떠올리게 하는 문학적인 외모와 달리 문학 번역자가 아니었다. 상트페테르부르크 태생의 그녀는 러시아어 문법학자였고, 당시에는 미국의 어느 대학에서 프랑스어 문법을 가르치고 있었다. 그녀의 프랑스어는 느리고 또박또박하고 정확했다. 외국어를 말하는 방식은 모국어를 말하는 방식과 관계한다. 그러니까 타티아나의 프랑스어가 느린 이유는 그녀의 직업이 아니라 그녀 자신에게서 찾아야 할 것이다. 그녀의 러시아어 역시 느리고 진지하고 낮았으므로. 그리고 사람과 사람 사이를 가깝게 만드는 건 함께 나누는 대화의 내용을 넘어서는 그 무엇에 있다. 나는 타티아나에게서 그것을 포착했다. 나중에 다른 러시아 번역자들에게서 들은 바에 따르면 그녀의 어머니는 러시아의 독보적인 문법학자였다고 한다. 이번 파브리크에서 타티아나는 톨스토이에 관한 비평서 번역을 지도하고 있었다. 그 책에 인용된 톨스토이의 문장을 보며 톨스토이를 재발견하고 있는 중이라며, 음악과 발레와 문학이 없었다면 자신은 이 어려운 시기를 견뎌내지 못했을 거라면서 눈시울을 붉혔다.

타티아나의 남편은 20여 년의 결혼 생활 끝에 그녀 곁을 떠났다. 그는 스무 살 연하의 여자와 새로운 사랑에 빠졌고, 그때부터 지독한 편두통이 시작되었노라고 그녀는 담담히 털어놓았다. 사랑은 늘 한자리에 있지 않다. 안나 카레니나와 브론스키는 시골 생활에 만족하지 못했다. 사교계로부터 내쳐져 시골에 갇혀 지낸다는 생각으로 두 사람은 자주 다투었고, 급기야 안나는 브론스키의 애정에 의혹을 품는다. 감정의 숙명은 변하는 것이 아니던가. 그래서 레닌은 이 작품을 "책장이 닳도록" 읽었는지 모른다.

나는 말없이 커피 잔을 기울이며 타티아나의 이야기를 들었고 그녀의 외로움에 공감했다.

화창한 토요일 오후 러시아-프랑스 파브리크 결과 발표회가 콘스탄티누스 목욕탕터에서 열린다는 공고가 붙었고, 이메일로도 와 있었다. 이번에는 참석 여부를 미리 알릴 필요 없이 자유롭게 시간에 맞추어 가면 되었다. 나는 시원한 원피스를 입고 모자를 챙겼다.

세월과 햇빛에 풍화된 한증막과 대형 욕조의 벽돌 벽에 기대어 프랑스어로 듣는 톨스토이의 문장은 몇 개의 굽이를 넘어 나에게 인류의 문명을, 문화를 뭉뚱그려서 생각하게 해주었다. 발표회 때에는 젊은 초심 번역자들만이 등장했는데, 그들의 끼와 열정이 발표회를 하나의 연극처럼 느껴지게 했다. 햇빛과 바람 속에서 그들은 두 시간여 동안 러시아혁명의 한 시대를 로마식 목욕탕터에 불러냈다.

조르주 무냉은 자주 인용되는 『부정한 미녀들』에 이어 『번역의 이론적 문제점』을 펴냈는데, 이 책은 "그 폭과 새로움으로 중요한 한 획을 긋고, 이후 번역의 언어학적 문제를 다루는 시각에 결정적 변화를 가져왔고 여러 대에 걸친 언어학자, 철학자, 인류학자들에 의해 구축된 다양한 언어 지식이 한 권의 책에서 처음으로 인상 깊게 종합되었다"라는 평가를 받았다.

번역자들 사이에서 무냉의 이름을 자주 언급되게 한 그의 저서 『부정한 미녀들』은 얼핏 나쁜 번역에 대한 비판서처럼 보이지만 저자의 말에 따르면 "번역 기법에 대한 옹호와 현양, 과제에 착

수하기도 전에 미리 번역자 스스로를 마비시키는 고질병, 이론적으로 불가능한 과제에 도전한다는 케케묵은 신념을 무너뜨리기 위한 시도"다. 그는 우선 번역은 가능한가, 라고 묻고 가능하다, 라고 대답한다. 이 책 속에서 이반 투르게네프는 자신의 작품의 한 프랑스어 번역본에 대해 언급하면서 "잇달아 네 줄이 충실하게 번역된 곳이 없다. (…) 역자는 새로운 작중인물을 소개하며 자기만족에 빠져 장황하게 묘사하고 (…) 잘라내고 바꿔치고 정확한 용어를 회피하며 문장마다 그 끝을 한껏 부풀린다"라고 통탄한다. "톨스토이 역시 의욕 넘치는 번역자들에 의해 비슷한 방식으로 순화되었다. 그들은 코카서스의 산골 주민들에게 탬버린 대신 캐스터네츠를 연주하게 하고, 감옥에서 분뇨통 치우는 사람을 배관 수선공으로 둔갑시킨다."(에드몽 카라, 『누벨 크리티크』) 로마의 옛 목욕탕터에서 프랑스어로 번역된 톨스토이를 들으며 나는 줄곧 생각했다. 그럼에도, 번역은 가능하다고.

발표회가 열린 날에도, 그 이후 며칠 동안에도 나는 타티아나를 볼 수 없었다. 당시 나는 서울로 돌아갈 날이 다가오고 있어서 마음이 좀 분주했다. 10여 년 전 콜레주의 수아레 전통이 살아 있었을 무렵에는 상당히 화려한 한국 음식을 준비했지만 이번에는 떠나기 전날 만찬을 건너뛸 생각을 하고 있었다. 그런데 만나는 이들마다 나를 붙잡고 물었다. 너 언제 가지? 아, 그래 그럼 내일 저녁에 내가 포도주를 좀 사놓을게. 난 빵을 살까. 후식으로 내가 초코 케이크를 사올게. 결국 나는 파스타와 불고기, 샐러드 정도를 준비해 간단하게라도 수아레를 치르기로 마음먹었

다. 마침 며칠 전 도착한 다른 한국인 번역자와 그의 딸이 큰 도움을 주었다. 그래서 제법 풍성한 식탁을 앞에 두고 20여 명이 잔을 들 수 있었다. 그런데 타티아나가 보이지 않았다. 나는 그날 오후 장을 보고 음식을 만들고, 그런 다음 샤워를 하고 옷을 갈아입느라 그녀가 없다는 걸 눈치채지 못했다. 그러고 보니 며칠 동안 그녀를 보지 못한 게 생각났다. 건배를 하고 사람들이 식사를 시작하자 나는 자리를 빠져나와 그녀의 방문을 두드렸다. 지난번 새벽에 깨워달라는 엘렌의 부탁으로 노크를 한 것 외에 내가 누군가의 방문을 두드린 것은 그때가 처음이었다. 세 번째 노크를 하고 좀 기다렸다가 막 돌아서려는 순간, 안에서 소리가 나더니 타티아나가 문을 열었다.

방해한 걸 용서해줘. 타티아나, 그런데 나 내일 출발해. 스위스 친구네에 들렀다가 서울로 돌아가. 그래서 함께 저녁을 먹었으면 하는데. 타티아나는 곧 나오겠다고 했다. 그리고 잠시 후 내 옆에 앉았다. 며칠 동안 방 안에 틀어박혀 나오지 않았어. 두통이 너무 심했거든. 파브리크가 끝나서 긴장이 풀린 것도 있고. 문을 두드려 나를 꺼내줘서 정말 고마워. 이틀 동안 물하고 비스킷 몇 개만 먹은 것 같아. 그래서 포도주는 못 마실 것 같아.

나는 남은 브로콜리 수프를 떠다가 그녀 앞에 놓아주었다. 조금이라도 먹어봐. 내가 떠날 준비로 마음이 바빠서 네가 안 보인다는 걸 알면서도 조금 전에야 찾아볼 생각을 했지 뭐야. 그런데 지금 안 보면 우리 언제 볼지 알 수 없잖아. 타티아나는 천천히 수프를 비운 다음 그보다 조금 빠른 속도로 파스타를 먹었다. 이

읔고 자기 손으로 직접 빈 잔에 적포도주를 따르는 것을 볼 수 있었다.

밤이 깊었다. 몇몇이 남아서 주방을 정돈하고 식기세척기를 돌릴 준비를 시작했는데, 한 무리의 사람들이 식당으로 들이닥쳤다. 다음번 세미나에 참석하기 위해 아를에 온 파리 출판인들로 숙소는 여기가 아니지만 콜레주의 모습을 보기 위해 들렀다고 했다. 그중 두 사람이 남은 파스타와 음식을 처리해주겠다고 했다. 다시금 이야기보따리가 터지고 그들이 그릇을 비워갈 무렵, 나는 나머지 정리를 하기에는 너무나도 피곤한 상태가 되었다. 일단 쉬어야 했다. 나는 방으로 들어가 침대에 몸을 던졌다.

새벽 5시 반, 치우지 못하고 들어온 주방 풍경이 어른거려 잠을 설치고 소스라쳐 일어났다. 서둘러 주방으로 간 내 눈에는 아름다운 광경이 펼쳐져 있었다. 개수대 위에 쌓여 있던 잔들은 말끔히 닦여서 찬장 속에 들어가 있었고 식탁도, 개수대도 얼룩 하나 없이 반짝거렸다. 심지어 세척기 안의 그릇들도 몽땅 제자리에 정리되어 있었다. 내가 자는 동안 우렁각시가 다녀간 것이다. 함께 뒷정리를 하는 일은 흔했지만 이처럼 말끔하게 정돈된 주방을 보는 건 그곳에서 드문 일이었다. 도대체 누가 이렇게 깨끗하게 뒷정리를 했을까? 나는 콧노래를 흥얼거리며 커피를 만들기 시작했다.

아침 내내 나는 만나는 사람마다 물었다. 네가 설거지했니? 누가 설거지하는지 혹시 봤어? 하지만 아니라는, 모르겠다는 대답만 돌아왔다. 그날 아침 나는 콜레주에서 처음으로 된장찌개를 먹었다. 한국인 번역자와 그의 딸이 초미니 전기밥솥으로 밥을 짓고 찌개를 끓여 나를 불렀던 것이다.

　아마르는 내 가방을 들어주겠다며 식당에서 서성거렸고, 엘리는 메모지에 이메일 주소를 적고 있었으며, 쉬잔은 작은 열쇠고리 하나를 내밀었다. 지타는 역까지 같이 가겠다며 방에서 신발을 갈아 신고 나왔다. 내가 지타에게 물었다. 혹시 지난밤 설거지와 뒷마무리를 누가 했는지 알아? 지타가 눈으로 가리키는 방향을 따라가니 '우리'의 옷을 입고 타티아나가 구석에 서 있었다. 나는 그녀에게 다가갔다. 어젯밤은 정말 오랜만에 두통 없이 푹 잘 잤어. 각오가 되어 있다고 생각했는데 남편과 그 여자애의 결혼식 소식에 정말 아무것도 할 수 없었거든. 그 사막에서 나를 끌어내준 네 앞에 '구슬이라도 뿌리고' 싶었어. 구슬을 뿌린다니? 아, 즐겁게 해준다는 러시아식 표현이야. 타티아나가 내 양 볼에 비주를 하며 나지막이 물었다. 우리 또 만날 수 있을까? 나는 알고 있는 몇 안 되는 러시아어로 대답했다. "다Да. 그래."

번역자의 푸른 요리책

지타

하얀 피부에 종종 생각에 잠긴 듯한 표정을 짓곤 하는 라트비아 번역자 지타가 어느 날 콜레주의 식당에서 나와 아고타를 불렀다. 지타는 키가 자그마하고 피부가 희며 몸가짐이 깔끔한 느낌을 풍겼는데, 걸을 때면 왼쪽 다리를 살짝 끌었다. 그녀가 조금 쑥스러워하며 입을 열었다. 두 사람, 오늘 점심은 뭘 먹을 거야? 우리 앞으로 함께 식사를 하면 어떨까? 오늘은 내가 세 사람분의 점심을 준비할게. 호박 속에 고기를 채워 오븐에 구을 건데 먹을 만할 거야. 사실 식사 때마다 1인분의 요리를 만들어 먹는 일은 귀찮았고, 이미 두세 명씩 어울려 식사 준비를 하는 일은 있었지만 그것은 그 나름대로 번거로운 면이 있었다. 그래서 나는 그녀의 제안을 거절한 건 아니지만 적극적으로 동조하지도 않았다.

어쨌든 그날 지타는 우리 셋을 위한 요리를 시작했고, 아고타와 나는 샐러드를 만들었다. 그런데 속을 파내고 다진 채소와 양념된 쇠고기를 채워 오븐에 넣은 지타의 메인 요리는 40분이 지나도록 완전히 익질 않았다. 호박을 꺼냈다가 다시 오븐에 넣기를 반복하는 지타를 바라보며 나와 아고타는 애꿎은 바게트만 뜯어

먹었다. 콜레주의 오븐이 지타의 집에 있는 것과 같을 리 없었고, 온도가 충분히 올라가지 않아서 호박의 겉은 말라갔으며 내용물은 익지 않았다. 한 시간여가 지나 마침내 요리를 식탁에 올렸을 때 지타는 무척 미안해했다. 그 호박 요리는 점심으로 먹기에 좀 무거웠다. 하지만 그 점심을 통해서 나는 지타가 요리에 조예가 깊다는 것, 특히 카나페와 디저트 전문가라는 것, 꽃 가꾸기를 좋아한다는 것, 옷도 잘 만든다는 것 그리고 아멜리 노통브를 번역했다는 것을 알 수 있었다.

지타와 자주 어울리면서 나는 라트비아에 대해 찾아보았다. 발트 해 동쪽에 있는 평원과 숲, 긴 해안선이 있는 나라. 그러니까 세계사 시간에 배운 발트3국 중 하나였다. 사실 나는 발트3국, 곧 에스토니아와 라트비아와 리투아니아를 무엇으로 구분하는지조차 알 수 없었다. 제2차 세계대전 이전에는 핀란드 역시 발트4국에 포함되었다는 것도. 그리고 이는 지극히 소련적인 시각이라는 것도. 소련에 병합되는 과정에서 수많은 라트비아인들이 소련으로 망명하였고 살해되거나 시베리아로 강제 이주되었다. 러시아 번역자들을 대할 때면 지타의 태도가 딱딱해지는 이유를 알 것 같았다. 집단의 잘못을 개인에게 전가할 수는 없지만 광복된 지 10여 년밖에 안 되었다면, 개인적인 감정과 기억이 남아 있다면, 나 역시 일본인에 대해 그랬을지도 모른다. 하지만 국가와 개인은 분리되어야 한다고 마침내 나는 지타에게 내 생각을 말할 수 있었고, 그 말을 들은 지타는 굳은 표정으로 아무 대답도 하지 않았다. 하지만 나는 왠지 그녀와 더 가까워진 기분이

들었다.

　나도 음식 만들기를 좋아하는 편이야. 다른 사람이 만들어 준 맛있는 음식 먹는 걸 더 좋아하지만. 그리고 나도 노통브를 번역했어. 세 권. 지금은 안 하지만. 내가 처음 번역한 노통브의 작품은 『사랑의 파괴』였어. 두 번째는 제목이 '반박Les Catilinaires'이었는데, 한국어판은 『오후 네 시』로 나왔어. 내가 말했다. 그래, '반박'이라는 제목을 붙여놓고 소설이 잘 팔리기를 기대하는 건 무리니까. 그렇지만 시간이 많이 지나고 나면 원제를 살려두는 게 나았을 거라는 생각이 들더라고. 그런데 난 노통브를 처음 번역할 때 좀 흥분했었어. 그녀가 정말 대가가 될 줄 알았거든. 나도 그랬어. 그런데 어느 순간 그녀의 작품이 자기 복제의 성격이 강하다는 느낌이 들더라고. 사실 그건 작가의 숙명 같은 거 아닐까. 자기 한계를 뛰어넘는다는 게 쉬운 일은 아니니까. 어쨌든 한국어판의 경우 초판 제목 '반박'이 '오후 네 시'로 바뀌면서 판매가 늘어난 건 사실이야.

　그동안 간간이 나온 얘기를 종합해보면 번역서의 제목을 바꾸는 문제에 대해 역자들 간에 의견이 갈렸다. 의역이냐 직역이냐 하는 논쟁만큼은 아니었지만 독자를 중심으로 생각할 것인지 저자를 중심으로 생각할 것인지 비중이 달랐다. 독자 중심의 경우는 거의 판매를 염두에 둔 판단이었고, 사실 잘 팔려야 저자의 지명도도 높아지고 저작권료도 많아지니 결과적으로 저자를 위한 것이기도 했다. 프레드 바르가스의 소설 제목 'Pars Vite et Reviens Tard(빨리 떠나라 그리고 늦게 돌아오라)'는 그런 고민을 잘 보여준다. 한국어판은 고심 끝에 『4의 비밀』이 되어 나왔는데 영어판 제목은 'Have Mercy on Us All(우리 모두에게 자비를)'이다.

편집 과정에서 전략적으로 제목을 바꾸는 것 이외에도 원제가 가진 이중적인 의미 중에 하나를 취하거나 아예 제3의 제목을 붙이는 경우도 있다. 한국어판에서는 영화와 소설 모두 동일하게 '남아 있는 나날'이라는 제목을 달고 있는 가즈오 이시구로의 원작 제목은 'The Remains of the Day'다. 이 제목에 대해 작가 자신은 이렇게 밝히고 있다. "제목을 정하는 것은 아이의 이름을 짓는 것과 비슷하다. (…) 'The Remains of the Day'의 경우에는 (…) 한 작가 친구가 언급한 '낮의 잔재debris of the day'라는 프로이트의 개념에서 나온 것이다."(〈파리리뷰〉 인터뷰 중에서) 프로이트는 『꿈의 해석』에서 꿈을 깨어 있는 동안, 곧 낮 동안의 사유 활동과 연관시켜 의미를 부여했다. 이 '낮의 잔재'가 분위기상 작품과 어울린다고 본 이시구로는 자신의 작품에 이를 조금 변형시킨 제목을 붙였다. 그런데 이 '낮'이란 하루의 한 부분인 동시에 인간의 활동 기간 전체를 가리키는 것이기도 하다. 『남아 있는 나날』이라는 한국어판 소설과 영화 제목은 그 점에 비중을 둔 셈이다.

자신의 기억과 불화하는 개인을 그린, 이시구로의 또 다른 소설 『부유하는 세상의 화가』의 원제는 'An Artist of the Floating World'인데 여기서 'floating world'는 부유하는 세상인 동시에 일본화의 화풍 중 하나인 우키요에浮世繪를 말한다. 그러므로 '어떤 우키요에 화가'라는 뜻도 되는 것이다. 다행히 이 책의 제목을 정하는 과정에서 저자는 번역서의 제목을 전자로 해야 한다고 못 박았다. 또 제임스 설터의 아름다운 소설 『가벼운 나날』의 원제 'Light Years'는 '빛이 1년간 나아가는 거리'인 '광년'의 복수형이기도 하다.

우리의 대화는 노동브를 거쳐 먹을거리에 대한 것으로 옮겨 갔다. 콜레주에 처음 도착한 번역자들이 제일 먼저 하는 일은 아마도 근처 마트에 가서 먹을 것과 생필품을 사와서 식료품 칸을 채우는 일일 것이다. 수아레를 준비할 때면 모두 함께 주방에 나와 엉덩이를 부딪쳐가며 서로의 찬장에서 타임이나 파슬리, 소스를 꺼내 냉장고 앞 탁자 위에 늘어놓았다. 그렇게 총출동한 재료들은 누구 것인지 구별할 수가 없어져서 수아레가 끝나고 한동안은 모두 탁자 위의 재료들을 공동으로 사용했다. 아이샤가 탁자를 수세미로 문질러 청소를 해야 한다고 치워달라고 말하기 전까지는.

우리는 보통 콜레주 근처의 작은 마트들을 이용했는데, 때로는 역 근처의 모노프리나 시 외곽에 있는 초대형 카지노까지 가기도 했다. 사실 나는 외국에 나가면 대형 슈퍼마켓에 가는 일을 즐긴다. 치즈와 포도주와 차, 과자, 유제품, 양념류 등 종류별로 가공된 식료품의 우주인 마트에서 나는 즐겁게 여러 시간을 보낼 수 있었다.

아를의 거리를 걸으며 우리가 주목했던 것 한 가지는 행인이 찻길을 건너려는 기미만 보이면 오던 차들이 속도를 늦추고 멈춰준다는 것이었다. 예외 없이 그랬다. 이를 두고 아고타가 한마디

했다. 보행자 입장에서는 참 좋은 일이야. 프랑스인들이 이렇게 보행자를 배려하는 줄 몰랐어. 파리에서는 그렇지 않겠지? 여기가 시골이라서 그런 걸까. 부다페스트에서는 어떤 줄 알아? 저만치에서 누군가 길을 건너려는 몸짓을 보이면 즉각 액셀러레이터를 밟는다니까. 서울은 어때? 글쎄, 운전자 나름인 것 같아, 보행자를 발견했을 때 혹은 옆 차선의 차가 차선을 바꾸겠다고 깜빡이를 켰을 때 속도를 줄이는 사람도 있고 말 그대로 액셀러레이터를 밟는 사람도 있고.

　수아레가 내일이던가? 내가 카나페를 만들기로 했는데. 그럼 우리 장을 보러 갈까? 사실 나는 지타와의 장보기를 그리 즐기지 않았다. 자타 공인 미식가인 지타는 콜레주에서도 정통 조리법을 지켰고, 자신의 기준에 맞는 음식을 만들어 파는 상점에만 드나들었다. 돼지고기 요리는 어디, 카나페용 작은 바게트는 어디, 게랑드 소금과 맛있는 푸아그라를 파는 곳은 어디, 하고 낮은 소리로 말하면서 우리를 이 골목 저 골목으로 이끌었다. 그녀가 구입한 페스토나 소스들은 대개 유리병에 들어 있어서 모이면 상당히 무거웠다. 지타는 걸을 때면 한쪽 발을 살짝 끌었고, 거기에 장바구니의 무게까지 더해지면 걷는 속도가 현저히 느려졌다. 그럼에도 그녀는 포룀 광장 뒷골목까지 가서 디저트용 수제 아이스크림을 사고서야 콜레주로 돌아왔다. 대개의 경우 지타는 말이 많지도, 크게 흥분하는 법도 없었다. 하지만 나 혼자서는 찾아갈 수도 없는 꼬불꼬불한 골목길을 돌아 돌아 찾아간, 프랑스 가정식 요리를 파는 가게 주인과 요리에 대해 말할 때에는 입에서 침이 튀었다.

　오늘은 저녁도 내가 만들게. 지타가 내 배낭 속에서 몇 개의 병을 받아 자기 칸에 넣으며 말했다. 정말? 넌 사랑과 자애, 그 자체야, 지타. 지타가 요리를 정말로 즐긴다는 걸 알고 있는 나와 아고타는 불순하게도 호들갑스러운 반응으로 그런 그녀를 부추겼다. 정말이지 지타의 요리는 대부분 맛있었다. 자른 단면이 500원짜리 동전보다 조금 큰 바게트 위에, 양의 소장에 비법 양념과 버무린 송아지 살을 넣어 훈제 건조했다는 작은 소시지를 잘라 올리고 멜론을 살짝 곁들인 그녀의 애피타이저는 입에 넣는 순간 탄성이 흘러나왔다. 그런 우리를 바라보며 그녀는 만족스러운 미소를 지었다. 지타는 또 마들렌을 잘 구웠다. 바닐라 씨앗의 향을 반죽 안에 넣는 것에는 특별한 방법이 필요하고, 그러려면 바닐라 콩깍지에서 열매를 긁어내는 특수 나이프가 필요한데, 콜레주에는 적당한 틀도 칼도 없다고 투덜대기도 했다. 그녀가 사진으로 보여준, 집에서 만든 지타표 마카롱의 색은 정말이지 파리의 마카롱 전문점 라뒤레의 것보다 고왔다. 사실 나는 마들렌을 별로 좋아하지 않았고, 마카롱은 예쁘다고 생각했을 뿐 그 맛을 좋아하진 않아서 그걸 굽느라 그렇게 많은 수고를 해야겠다고 생각한 적은 없었다.

　그러니까 지타와 나는 요리에 대한 철학이 좀 달랐다. 나 역시 나름대로의 조리법 몇 가지를 갖고 있고, 잘 만들어진 조리 도구나 그릇들을 눈여겨보기도 한다. 하지만 어떻게 요리할 것인지보다 어떻게 재배된 것인지가 내게는 더 중요하다. 양식된 냉동 새우보다는 장에 나온 수염 긴 자연산 새우를 고르려고 애썼고, 양 젖으로 만든 요구르트를 파는 가게도 알아놓았으며, 달걀을 살 때에는 야외에 놓아기른 닭인지를 확인했다. 게다가 콜레주에서는 음식을 만드는 데 많은 시간을 쏟고 싶지 않았으므로 나는 정성스레 칼질을 한다거나 품이 많이 드는 요리는 하지 않기로, 맛있되 간단하게 먹기로 마음먹었던 것이다.

간단하고 소박한 음식에서 채우지 못한 것을 나는 포도주에서 찾았다. 모노프리나 카지노에서는 질 좋은 포도주를 10유로 안팎으로 살 수 있었고, 토요일 장에는 소량 생산된 포도주가 나왔으며, 시내의 몇몇 상점에서는 입맛에 딱 맞는 샤토마르고나 코트드뇌를 합리적인 가격으로 구할 수 있었다. 대구전에 곁들인 차가운 소테른은 얼마나 맛있었는지! 거의 매일 마시게 되어서 몸에 좀 무리가 되었을 수도 있지만 정말 행복한 시간이었다. 3개월을 줄창 마시고 돌아가 9개월을 금주하리라. 포도주를 고르는 내 취향은 상당히 단순하다. 그저 그 시기에 내 입에 맞으면 된다. 주로 카베르네쇼비뇽을 기본으로 만들어 5년 정도 숙성된 포도주가 내 입에 맞았는데, 어느 해에는 콜레주에 도착해서 떠나올 때까지 코트뒤론과 부르고뉴만 마신 적도 있다.

조세핀 테이의 『프랜차이즈 저택 사건』에서 매력적인 여주인공은 사건을 수사하는 남자 주인공을 집으로 초대한다. 그런데 미혼의 남자 주인공을 살뜰하게 거두어 먹이는 숙모의 요리를 능가하는 것을 내기란 꿈도 꿀 수 없는 일이었다. 그런 열세를 여자 주인공은 포도주의 선정으로 눈부시게 만회한다. 포도주를 좋아하는 사람이라면, 그 어떤 산해진미라도 간단하게 시녀로 만들어 버리는 포도주의 오묘한 위력에 대해 알고 있다. 이를테면 로즈마리와 타임, 산버찌로 장식된, 입에서 녹는 그윽한 농어 요리조차 61년산 슈발블랑 앞에서는 빛을 잃고 마는 것이다. 누군가의 냉장고나 식품장 안에 놓인 포도주들을 살펴보는 것은 그 사람의 서가를 둘러보는 것 같은 즐거움을 준다. "서가의 책들이 장식하는 것이 그 사람의 자아"(릭 게코스키)라면 지하 저장고나 와인 셀러의 포도주들은 그 사람의 취향을 대변한다.

맛있게 잘 먹으면 적어도 우울해지지는 않는다. 먹고 싶은 것이 있고, 그걸 기분 좋게 먹을 수 있으면 몸뿐 아니라 마음의 어딘가 채워지기 때문이다. 나는 좀 단순한 인간인 모양이다. 배가 고파지면 지금 뭘 가장 먹고 싶은지를 알아내려 애쓴다. 몸의 체계가 흐트러지지 않았다면 내가 지금 먹고 싶은 것이 내 몸과 마음이 필요로 하는 것이 아닐까.

어느 날 지타와 나는 늘 닫혀 있는, 냉장고 왼쪽에 있는 찬장 문을 열고 안을 들여다보았다. 그곳은 이전에 있었던 번역자들이 남은 식재료를 두고 가는 곳이었다. 카마르그 쌀도 있었고 소금이나 밀가루, 초콜릿 파우더, 각종 차와 향신료가 들어 있었다. 우리는 유통기한이 지난 것들을 쓰레기통에 던져가며 그곳을 정리했고 아주 훌륭한 사과계피차와 퀴노아 등을 확보할 수 있었다. 그리고 진한 푸른색 표지의 공책도.

드로잉북으로 제작된 듯한 그 공책은, 말하자면 그곳에 머문 번역자들이 자기 나름의 조리법을 정리해둔 요리책이었다. 서른

개 정도의 레시피가 있었고 각 조리법마다 필체가 다른 것으로 미루어 저자 역시 서른 명일 터였다. 지타와 나는 그 발견에 흥분했다. 이거 '번역자의 요리책'이라는 제목으로 출판해야 하는 것 아닐까. 몇몇 페이지에는 그림까지 곁들여져 있었다. 우리는 거기에다 자기 나라의 요리들을 하나씩 더하기로 하고 주방 앞 기둥에 포스트잇을 붙였다. 각자의 조리법들을 이 공책에 적을 것, 그대의 혹은 그대 나라의 조리법이 이곳에서도 이어지기를 원한다면. 지타는 그렇게 적었다.

내가 콜레주를 떠나오는 날 지타는 예의 그 한쪽 발을 끄는 걸음으로 나를 역까지 배웅해주었다. 아고타도 같이 가겠다고 했지만 나는 지타와 가고 싶다고, 빠지지 말고 요가 수업이나 가라고 그녀를 만류했다. 슈트케이스를 들고 나오자 콜레주 주방에 몇몇 동료들이 기다리고 있었다. 아마르가 내 짐 가방을 들어주었고 타티아나가 아래층까지 따라 내려왔다. 푸른색 나무 문을 열고 나서니 익숙한 반고흐 광장의 뜰이 펼쳐졌다. 나는 가방을 끌고 카페 앞을 지나 역으로 통하는 지름길로 접어들었다. 지타의 걸음에 맞추어 천천히.

아를의 찬장에는 여전히 푸른 표지의 그 공책이 들어 있을 것이다. 내가 쓰던 냉동고 맨 위 칸을 지금은 다른 체류자가 쓰고 있을 것이다. 그 공책에 조리법을 적었던 번역자들이 그러했듯이 지타 또한 그곳 체류를 마치고 라트비아로 돌아가 출판사 경영을 계속하며 정원의 꽃을 가꾸고 마들렌을 굽고 번역을 하고 있을 것이다. 그리고 나는 그 모든 것을 하나씩 떠올리며 이 글을 쓰고

있다. 사라져버리는 모든 것이 한 번쯤 찬란하게 우리의 하늘을
갈라놓기를 바라면서!

백 개의 계곡, 천 개의 추억

유럽에서 가장 아름다운 열차 노선으로 꼽히는 첸토발리 Centovalli, 백 개의 계곡의 깎아지른 계곡들이 눈 아래 펼쳐지고 맑고 푸른 물이 바위를 스치며 까마득한 저 아래를 향해 쏟아지고 있었다. 숲은 깊어서 서늘한 기운이 저 멀리에서부터 올라왔고 쩡한 기운과 새소리가 차창을 때렸다. 산자락에 다시 산자락이 겹쳐지고 푸른 물이 떨어질 듯한 숲의 나뭇잎들이 잦아드는 빛의 방향에 따라 어둡게 반짝였다. 계곡을 내려가는 물은 장하고 힘찼으며 호수의 물은 거울처럼 잔잔했다. 역이 하나하나 더해질 때마다 어둠이 조금씩 짙어졌다. 단언컨대 내가 바라보고 있는 것은 경치 그 이상이었다.

그 길지 않은 열차 안에서의 시간은 내게 서울에서 아를로, 아를에서 카빌리아노로, 카빌리아노에서 첸토발리로 이동하는 여행 중의 여행, 그 도정에 선 나 자신을 환기시켰다. 나는 창 쪽으로 다가앉아 열차 안의 현실을 잊었다. 45억 년의 시간이 쌓인 이 지구 위를 스쳐 가는 나는 누구인가? 거기에서 여기로, 다시 저

223

기로 떠나가는 이 일은 무슨 의미가 있는가? 언젠가는 공룡처럼 지구 상에서 사라져갈 인류라는 종이 만들어낸 "문학이라는 신비롭고 기이한 제도" 한 귀퉁이에서 이국의 언어로 된 이야기를 다른 언어로 옮기는 나의 번역에는 어떤 의미가 있는가? 100년도 못 되는 세월, 한 움큼 재로 돌아가는 이 삶에서 무엇이 중요한가? 나의 여행은 어떻게 끝나게 될까? 삶의 여행이 끝날 때 무엇이 남을까? 무엇을 남긴다는 게 과연 의미 있는 것일까?

생명은 필연적으로 사라진다. 존재는 시간과 연관하고 시간은 흐른다. 그리고 사람은, 생명은 살아 있기 때문에 귀하고, 살아 있는 모든 것은 사라지기 때문에 중요하다. 번역자들 역시 그렇다. 단락에서, 행간에서, 역사의 갈피에서 그리고 지상에서 사라진다. 이 모든 이야기를 묻어둘 수 있을까? 그냥 묻힌 채로 삶을 지나 사라질 수 있을까? 나의 과거, 나의 아침과 낮, 내 삶의 유적을 발굴해야 하는 이유가 이국의 계곡을 가로지르는 기차 안에서 그렇게 나에게 왔다. 느리고 답답하게 번역을 하며 보낸 30년의 여정이 끝나고 이제 늘 바라보던 강 건너의 글쓰기가 시작되리라는 것을 나는 알 수 있었다. 수증기 서린 유리창 같은 번역이, 까칠하고 높고 외롭고 애잔한, 낡은 옷의 번역자들이 눈앞에 떠올랐다. 바스나, 이삭, 후안, 타티아나, 아나, 그레고르, 제르멘, 안제이, 쉬잔, 지타, 아고타, 아마르, 밀루틴…… 그리고 나를 만든 그 책들의 번역자들. '투명한 필터'가 되어 사라진 그 번역자들.

그때부터였다. 내 안 어디에선가 웅크리고 있던 시간이 쏟아져 나오기 시작했는데, 그 물살의 속도가 어찌나 센지 하나의 에피소드가 채 펼쳐지기도 전에 또 다른 에피소드가 밀어닥쳤다. 하나의 기억이 또 다른 기억을 불러왔고, 하나의 문장이 또 다른 문장으로 연결되었으며, 모든 단락이 절실한 의미를 담은 채 사라질 위험을 품고 빠르게 지나갔다. 그중에서 몇 마디 건져낸 게 이 책이다. 부디 그대에게 가닿을 수 있기를!

Les traducteurs qui disparaissent
par Namju Kim

Prologue Arles, traduction et traducteurs

Les traducteurs qui disparaissent